惠风·文学汇
（第二辑）

淡不去的温暖

"惠风·文学汇"丛书编委会 编

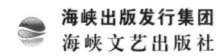

海峡出版发行集团
海峡文艺出版社

目录

漫步螺洲古镇 / 杨丽 …………… 1

外婆的南屿 / 潘德铭 …………… 10

梅林走笔 / 谢华章 ……………… 19

崇武,我永远的故乡 / 林轩鹤 ………… 27

赖坊,一个家族的古老庄园 / 哈雷 …… 40

从将军街上走过 / 胡凤俤 …………… 49

地跨山海居适中 / 郭鹰 ……………… 55

书香古韵 / 吴德祥 …………………… 68

风雨廊桥话沧桑 / 卢如昌 …………… 79

咸村不老 / 陈巧珠 …………………… 85

穿越时空的守望 / 黄钲平 …………… 93

杉洋梦影 / 林剑英 …………………… 102

双溪古镇 / 禾源 ……………………… 114

官巷沈记 / 南帆 …………… 121

寻找三坊七巷文化 / 陈元邦 ………… 150

古树嘉木：引得春风入坊巷 / 邱泰斌 …… 158

色彩三坊七巷 / 简福海 …………… 173

砾头村：历史尘埃里的乡愁 / 许燕妮 …… 198

感怀松洲书院 / 徐洁 ……………… 213

南天砥柱石矶塔 / 唐镇河 ………… 224

河流送走了木船 / 林宝卿 ………… 234

乡下的门 / 游惠艺 ……………… 246

漫步螺洲古镇

杨 丽

一条小巷,细细窄窄,不深也不长。小巷这头车水马龙,喧嚣热闹。走进小巷,夕阳斜晖的光影折射在红墙上,墙角下有厚厚绿绿的青苔。出了小巷,几十步的路程光阴倏忽已经过去了几百年。眼前已是一个明清时期的古意小镇。场景变化得太快,恍若忽然从梦里醒来,些许愕然、意外,思绪跟不上时光的倒转。

我看见一个高盘发髻,穿着一件米色纯棉布简约中式旗袍,外套着一件淡绿色开衫的女子正站在大榕树下,凝神端视一块青苔斑驳的大石头上几个深蓝色的大字"帝师之乡"。

帝师,顾名思义就是皇帝的老师。皇帝指的是清朝末代宣统皇帝溥仪,皇帝的老师指的是福州螺洲镇人陈宝琛。

螺洲镇，注定不平凡。

阳光穿透一棵棵茂密的古榕树在古老的青石板小路上洒下斑驳的光影，古榕静默地渲染着螺洲镇的古朴和灵性。榕树下三两个坐在藤椅里摇着蒲扇的老人一根根银发在光影中闪亮，他们是我们眼中的历史和故事。我们，一群背着相机的采风人闹哄哄地走进他们的小镇，他们不动声色、旁若无人地继续着午后的宁静。斑驳的白墙下一条青石长凳泛着原始的光泽，坐一小会儿，凉凉的石凳消了酷暑，添了一份怀旧。拍下一张又一张照片，一张像油画，一张像水墨画。原木原色的一扇门半开半掩，墙上一块牌子白得耀眼，上面写着红字"陈若霖故居"。朝里面张望，梁上晾晒着衣服，有人影晃动，就这么不经意地遇见，尘封的一段历史扑面而来。

陈若霖，乾隆五十二年进士，经乾隆、嘉庆、道光三朝，历任云南、广东、河南、浙江巡抚，道光时官至刑部尚书。陈若霖为官清正廉明，治狱勤慎，明察秋毫，事必躬亲，擢用贤能，整饬纪纲，深得百姓赞誉，民间流传着一出闽剧《陈若霖斩皇子》，唱的就是陈若霖不畏权势、秉公执法的段子。如果说螺洲镇走出一个刑部尚书陈若霖不足为奇，那么在当时不足千户人家、离京城几千里的这个小镇，走出一门父子四进士、兄弟六科甲、叔侄同登科，还有一个孺妇皆知、大名鼎鼎的太师太傅陈宝琛，民国上将陈长捷等高级将领，兄弟院士陈彪、陈篪，诗人作家陈运和……则这一串的数字和名字叫人不得不对这个小镇刮目相看，不得不来这个小镇上走走看看，到底是怎样的一块风水宝地能世代人才辈出？

俗话说：地杰人灵。

闽江是福建省最大的一条河流，也是福州的母亲河。她在南平汇聚三江之水，一路越狭险的水口，流过平坦的白沙，浩浩荡荡自西向东奔流入海的途中，被一个叫南台的小岛挡住去路，分流成南、北两股。南股即为乌龙江。螺洲，原是乌龙江中的一个沙洲，成年累月被流水冲刷成一颗青螺形状，古称"百花仙洲"。洲内水网密布，古时舟船穿梭、木桨声声。当然，螺洲的名字由来还有一个便是田螺姑娘的美丽传说，说的是一枚田螺修炼成仙白天给渔夫做饭，晚上躲进水缸里。现在洲边还有一块"螺仙胜迹"的石碑和一座螺女庙。我们来到古渡口，看见古榕参天、须髯垂地、凉风徐徐。跨过堤坝，眼前豁然开朗，乌龙江水滔滔东去，螺洲大桥横跨辽阔江面，形似五只并排的老虎的群山，人称"五虎山"，稳坐对岸，护佑着古镇。有山有水还有成仙的田螺姑娘，果真是好地方。据说洪武年间有个叫陈广的人偶尔路过这里，一眼看上了这块风水宝地，举家迁来，在这里躬耕渔猎，经两百多年的繁衍生息，始成大族人家。地杰人就灵，明嘉靖十七年，陈氏族人中陈淮第一个中了进士，开螺江陈氏的科甲先河。从此，陈氏一族中接二连三地出了一个又一个进士、举人。正是"江山代有人才出，各领风骚数百年"。

  天后宫前有一棵老榕树，树下一位白发老

人赤裸着上身躺着小憩。见我专注地看这老人，路过的一位螺洲人告诉我，老人已经九十八岁，身体很好，这样高寿的老人镇上还有几位。见我举起相机，老人微微睁开眼睛看我一眼，又阖目养神。我索性坐在老榕树下，看一群人席地而坐玩纸牌，看小孩子们嬉戏玩耍，看一时兴起的朋友打一套太极拳，体味慢时光的悠闲自在，不管一伙采风人都去了哪里，不问那南飞的燕子落在谁家，不想曾经的那人在何方。这一刻的安静，就让时光倒流。

简梅，一个古典式的女诗人召唤我们走进红墙深巷，带我们体验真正原始的螺洲风情，一段残垣断壁、一扇古旧的木门、一个青石凳、几个吊着的葫芦瓜，都让我们这群久居高楼的城里人惊叹不已。光影投射，让这细窄交错的小巷多了几分明媚、灿烂。转个弯，来到"陈宝琛故居"门前，吱呀一声，门被打开，一抬脚跨进门槛，跨进几百年前。

一个典型的明清深宅大院。竟然，还有一位导游端立在门边，高挑的身材，盘着头发，一身黑色旗袍，斜披着一淡黄色的纱巾，端庄典雅，于我所见过的导游大不相同。她一开口，声音温婉舒缓，稍有些沙哑，语气语调，抑扬顿挫，恰到好处。她介绍这座大院的用词造句都是她自己积多年经历亲自编的。我们如同在听一篇优美的散文朗诵。到底是陈氏家族后裔，这气质、涵养经过了几百年的沉淀，让我又一次想起大榕树下的旗袍女子。

听她说——

陈宝琛，陈若霖的曾孙，为师传业授道，为官直言敢谏，为人光明磊落，自幼聪颖过人，十三岁中秀才，十八岁中举人，二十一岁中进士，官至内阁学士兼礼部侍郎，因1885年中法战争"荐人失察"，被光绪皇帝骤降五级严加处分，从此辞官闲居福州，直到宣统元年，再次奉召入京，授"太傅"衔，为皇帝授读，三年三升，恩宠极隆。

陈宝琛辞官闲居福州整整二十五年。正是这段时间，他在家乡兴教育，办学堂，开拓了福建现代教育的先河。全闽师范学堂，是福建省最早创办的师范学校,也是当时全国最早创办的一所师范学校。陈宝琛为学堂亲自题写校训:"化民成俗其必由学,温故知新可以为师。"他还出任闽省学会会长,在八闽大地掀起了兴办小学堂的高潮;支持夫人王眉寿创办"女子师范传习所"。他还作为福建铁路公司总经理,亲自到南洋各埠募股,建设漳厦铁路……

跟着导游,我们来到院子中间,一尊陈宝琛的半身铜像竖立在绿色草坪上。陈宝琛睿智的目光穿越百年注视着我们这群采风人,或许他能感觉到这群八闽儿女的尊敬和感佩。

陈宝琛回乡的第二年,修葺了先祖的赐书楼,又修建了沧趣楼、还读楼、北望楼、晞楼,有鱼池假山、庭院花园,这就是传说中的"陈氏五楼"。赐书楼,曾经是其曾祖父陈若霖珍藏皇帝御赐书籍之处;沧趣楼,是陈宝琛珍藏金石书画,读文习字之所,他的几本著作《沧趣楼诗集》《沧趣楼文存》《沧趣楼律赋》都以此楼命名;还读楼,取陶潜"时还读我书"句之意;晞楼,与还读楼间有阳台相连,为乘凉赏月之所;

后楼面阔五间,进深一间,建筑精巧,窗对鱼池假山,是陈宝琛唯一的一个女儿居住的地方,叫"小姐楼";北望楼,取名"北望",以示"思君",不知有多少个晨昏陈宝琛伫立窗前,遥望北方,念起曾经的辉煌?

本以为是一次轻松的采风活动,但是,站在这久远的陈氏五楼中,不得不思索起变幻莫测的人生,追问起人生的意义。

探访了陈宝琛故居,就想知道得更多,他的家世、家事、趣闻。刨根问底,我们来到了陈氏祠堂。

大红的门,金光灿烂的匾额,只这两个颜色已经把这里的辉煌渲染到登峰造极的地步。一看就知道这是个名门望族,世代簪缨。一块块牌匾,还有左宗棠、李鸿章、张之洞、陈立夫、启功的题匾、题联,这些无不彰显着陈氏家族的荣耀。宗祠第二进有一座"横墙",隶书横匾"百代羹"。导游说这"羹"字的重点在于教育。螺洲镇陈氏家族之所以历百年而不衰,人才辈出,都源于教育。"百年大计,教育为本",对一个家族、一个民族、一个泱泱大国都是如此。

离开陈氏祠堂,没走几步,看到一块石碑,上面写着"中共福建省委地下联络站旧址",这又是一段风起云涌的螺洲镇的故事……

外婆的南屿

潘德铭

秋天的闽江横卧在灰蒙蒙的天空下,雄伟的湾边大桥横跨湾边和江口两个古渡口,似乎把宽阔的闽江拦腰截成两段。童年时,我经常从湾边坐轮渡到外婆家去。那时候,轮渡就像一块巨大的甲板,人车共载,旁边有一艘轮船带动着行走,轮渡的两侧贴挂着许多轮胎,产生巨大的浮力,像一块在水中移动的陆地。一般客车和卡车先上轮渡,一次可载六到八辆。然后,乘客才能上。人多的时候,往往要等到下一班,才能上得了轮渡。通往湾边古渡口的公路上,过江的车排成长队等候。马路两边开着几家小食店,生意兴隆,客人络绎不绝。我印象最深的是,那里卖的光饼特别芳香、鱼丸特别紧俏。

如今,有了湾边大桥,交通便捷,过往的行人一般不在这里停留。湾边的马路到了渡口就成了一个尽头,芳草萋萋,显得格外荒凉。车少人稀,原先红火过一阵子的几家河鲜饭店也变得萧条了。酒店的主人站在门口,就像守候猎物一样,紧盯着客人。

我以为可以点一些有特色的河鲜品尝,可惜,没有几样是我渴望品尝的美食佳肴。还居然看到了不少海鲜,真出乎我的意料。哪里还有什么河鲜酒楼的特色?我点了清蒸白刀鱼、油炸小河鱼、糟炒蚬子,别的菜肴算不上什么河鲜了。其实,大家都是我的忘年之交,也不在乎我点什么,欣赏眼前的江景比吃什么都更有味道。

坐在江边,品尝河鲜,似乎品味不出昔日鲜美的味道。或许是眼前萧疏的秋景,在我的潜意识里,催生了一种异样怀旧的心情。

饭后,我们漫步在江畔,那里已经没有古渡口的影子了。高架桥下,沙堆成丘,准备运往某处的建筑工地。江面上,有两支小渔舟在捕鱼。其中一只舟上，有一男一女正在忙碌着，像是一对中年夫妻。女的摇桨撑船，男的撒网捕鱼，背衬着江天一色的空蒙，饶有一种似曾相识的渔家风情。我急忙掏出手机拍摄，定格下一种久违了的乡情。突然，后面的一只渔舟传来一个男人粗犷的声音：哎呀，别拍了，会疼呀，会疼呀。

男人一边撒网，一边打趣道：拍了照片，他们晚上会在船上打架。哈哈……

不笑还好，一笑就显得有那么几分暧昧的味道。渔夫们在劳动之余，不乏幽默的荤话，这给单调的捕鱼生活多少注入几分本能的乐趣。江山易改，本性难移。时间可以改变渔民的生活，改变不了他们适应生存环境的乐观秉性。

不走回头路吧。老林提议：上湾边大桥，从金山、大学城绕回去。

那里要经过南屿古镇，倒不如带他们进去看一看？我读小学以前，大多数时间是在乡下度过的，那里的风俗民情、自然景观，我还记忆犹新。那时，到外婆家，要搭轮渡过江。我喜欢旭日东升的江面,闪耀着玫瑰色的波光,我也喜欢暮色苍茫的江面,水鸟拍打着翅膀从眼前飞过。有时候遇到大的风浪,轮渡左右颠簸摇摆,水浪腾空而起,打到轮渡上,打湿了乘客们的头发和衣衫,他们左右躲避着劈头盖脸袭来的水浪,女人们此起彼伏的尖叫声,似乎把整个轮渡的氛围推到了一种亢奋的高潮。到了江口上岸,越过一道长长的土堤坝,在公路边,换乘一辆马车,马蹄得得,沿着尘土飞扬的马路,往南屿古镇奔去,下马再步行十几分钟,就到了外婆的家。如今,马路拓宽了,两边多是住宅和厂房,看不到风吹稻谷千重浪的情景了。

我们驱车来到了南屿古街。只见街道两旁商店林立,音箱正播放着震耳欲聋的现代音乐。人来人往,熙熙攘攘,人声鼎沸,好不热闹。几年不见,这里又冒出了不少新建的楼房,其间不乏装饰现代的商店。在我童年的记忆里,窄长的南屿街就像一条柔美的弧线,行人的木屐踩在青石板路上发出很清脆的响声。古街两边是一家挨一家的小店铺,有叫卖刚出炉光饼的，有卖手工切面的，有卖斗笠和竹编的，还有叮叮当当的打铁铺……

穿过南屿街的一条小巷，经过一座教堂，拐过一个弯，眼前，一条笔直的古街巷映入眼帘：左边是一整排清一色的明代古民居，那门楼、封火墙大多保存完好，令人叹为观止。那飞檐斗拱，雕梁画栋，气势不凡。跨过古旧的木头门槛，进入明代六朝元老林春泽的故居：天井桂花飘香，四面高墙，左右两侧为单层木屋，主楼为三开间，双层木构建筑，楼上是梳妆楼，具有浓郁的明代建筑风格。走到最后一进，看到一对情侣伫立在石板上，遒劲峥嵘，枝繁叶茂。这让我想起房屋的主人林春泽。他字德敷，别号人瑞翁，明正德九年考取进士，官至贵州程番知府，精攻《礼经》，嗜好作诗，著有《人瑞翁集》。他身经成化、弘治、正德、嘉靖、隆庆、万历六朝，享年一百零四岁。皇帝曾为他建了"六朝大老坊"。据说，他的妻子也活了一百零四岁。

以林春泽故居为中轴，他的子孙后裔所居

住的院落左右次第展开，统一布局，一式结构，形成了气势恢宏的建筑群。从嘉靖五年至十五年，水西林就建成了八座具有官家气派的民居，如今，还可以看到八字墙上蓝色线描的"三世宴琼林""敕建人瑞坊"古壁画。

正对林春泽故居大门的是一座高大的牌坊：人瑞坊，后人重修，金碧辉煌。挨着人瑞坊后头的是一条潺潺的溪流，叫"锦溪"。溪水倒映着花草树木，秋风吹过，水面泛起一道道柔美的涟漪。一只小舟停靠岸边，似乎在时光流逝的寂寞里静静地憧憬着水西林往日的繁华。

沿着水西林的坊巷往前走，脚下的路已经看不到一块青石板了。童年时，我没少和我的外婆一起经过这里。我不知道古老的房子里住着什么人，依稀觉得那里应该住着一位头如仙桃、须发皆白的老寿星。可是，进出院落大门的大多是打着赤脚的农民。他们的裤腿总是粘着些许晒干了的泥巴。

那是一个贫穷而又平淡的年代，我的外公拥有一块自留地，地里一年四季似乎总是种着葱蒜和芹菜，这也许是它们长得快，来钱也快的缘故吧。饭后，每天早晨八九点钟，外婆挑着十几把绿油油的新葱，带着我到南屿街贩卖，换几毛钱贴补家用。来回都要经过林春泽的故居门前，好奇心总是怂恿我进去看一个究竟，可是，没有大人领着，我也没有胆量独自进那森森的庭院。这埋在心底的欲望，一直到了自己成为一家省级电视媒体的记者之后，才得以实现。可是，采访之后，我却感觉不到童年时代的想象的神秘了。

走到水西林的尽头，又一个拐弯，就可以远远地看到我外婆的家了。那陆离斑驳的高墙，还有墙头摇曳的荒草，就像熟悉的故人在向我打招呼。可是，我怎么也高兴不起来。原先平坦的晒谷场没有了，那里曾经留下我夜里追捕萤火虫的小小身影；路边清可见底的池塘没有了，那里曾经留下我钓到鱼儿和青蛙时的笑声。代之而起的是东一座、西一座的现代楼房，似乎没有统一规划，显得错落无致。

外婆家的院落大门紧锁。老林兴致勃勃地

往门缝里探看，天井、花草、厅堂、屋檐……他判定这是一户较为殷实的普通人家。其实，外婆的家原先在这院落的左后方，后来，又把前面院落的房子也买了下来。前面临街，后面依山，前后三进，有天井、弄堂，双层结构，屋后还有一口清凌凌的水井。出了后门，有一片枝叶婆娑的竹林，那朦胧的月色多次融入我甜美的梦乡。

晒谷场的左边有一座古堡，无论在阳光下，还是在月色里，怎么看，都充满了一种童话般的色彩。只见四面围墙，高高的炮楼居高临下，护卫着中间那座具有西洋建筑风格的主楼。那教堂紧闭的门窗，克里姆林宫似拱起的屋顶，都在彰显着最初房屋主人出洋创业的身份，以及不凡的财力。如今，人去楼空，不知道里面住的还是不是他们的后裔。

正对外婆家大门，越过一片四季绿色的田园，可以看到一条流水潺潺的小溪，一头流经水西林，一头流向闽江，源远流长，灌溉着两岸肥沃的土地。古渡口犹存，有浣妇捣衣的石阶，有小船驶过的痕迹，荡漾着几分田园牧歌式的情调。可是，小溪依旧，却少了几分水的灵动，也少了几分人的气息。因为许多生于斯、长于斯的子民已经放弃了它，离乡背井，走向了城市喧嚣的霓虹灯下。

外婆的家，有山有水，那里是启蒙我童年时代的心灵乐园，寄托着我对宗族文化的认同感。外婆享年八十一，和外公同墓合葬后山。后来，舅舅一家也搬离了这里，开始了他们新的城市生活。

不要问我从哪里来，我的故乡已没有。这苍凉的时代情结在多少城市打工者的心里纠缠不休。在城市化建设的进程中，不少农民，举家到城市打拼去了，他们或许就是一群没有故乡、没有根基的漂泊者。谁能挽留住乡村逐渐颓败的古老建筑，还有逐渐荒芜了的精神家园呢？或许有一天，他们还会回归故里。

霏霏细雨中，我和老林等人离开了外婆的南屿。一路上，被细雨打湿的记忆依旧水灵灵地徜徉在心里……

梅林走笔

谢华章

早听说南靖县的梅林村"淳朴有如桃花源,秀气胜似小周庄",春日的一天,我慕名来到这个山中水乡,一览古村胜景。当我一走进梅林村,只见山峦蜿蜒起伏,秀水环山,两条溪水贯穿其间,梅溪两岸、村中楼前屋后及附近山坡,处处可看到梅树疏影横斜。

早在元至正年间,梅林村就聚居着罗、林、官、蔡、石、卢、牛等多姓人家。至正末年,魏氏族人从宁化县石壁徙居梅林,从此就在此繁衍生息。后来,其他姓氏人家逐渐迁移他乡,村中只剩下魏姓一族。

清晨,梅林烟雾缥缈,忽隐忽现的土楼在梅树的映衬下,像是披上一层神秘的面纱,又像是一座座海市蜃楼，让人目不暇接。松竹楼是梅林村一座典型的方形土楼，像城楼，似堡垒。这座土楼楼地是靠山坡的烂泥地，村人用千年松木打井字形桩，在木桩上按十字形砌垒五层基石，平面再以条石砌墙基以防下沉，才建起这座数万吨重的土楼，且其历经三百多年依然坚固稳定，巍然屹立，这足以折射出土楼人的聪明才智与高超的建筑技艺。保和楼宽敞明亮的天井里，是一个用鹅卵石铺成的八卦图，这在土楼里是绝无仅有的。居住在保和楼里的梅林人，把八卦视为一种可以避邪的符号，以此祈求平安吉祥。和胜楼的天井门、主楼门、大门、平房中厅两个门、外大门等六个大门犹如宫殿式成一直线，层层叠叠，壮观气派！土楼背靠青山，面向田野溪流，好一派田园风光。

站在土楼的望台上眺望，梅林村碧岩峰上僻静幽雅的"碧岩春雨"、老圩古榕树下的"榕荫夏市"、双溪口的"双溪秋月"、蕉坑屋脊尖峰上的"文峰冬日"、中心小学左侧溪边的"梅岸杵声"、下坂洋的"仙翁捞月"、背垅虎跳桥处的

"虎跳孤松"、长潭溪中石井处的"龙井渔歌"尽收眼底。

五百年前的词人马致远在他的《天净沙·秋思》中,用"小桥、流水、人家"六个字传神地表达了古村乡居的美好意境。在梅林网状的水系中,也建有许多木桥和石拱桥,形成了如诗如画的"小桥、流水、人家"的画卷。双溪口石拱桥畔,一座青砖碧瓦、府邸式明清古民居,楼内格子窗镶的鱼鳞片,在闽西南山区实属罕见。

溪岸上,那座供奉海上保护神林默娘的天后宫红檐朱壁、金碧辉煌,木件镂空雕饰彩绘,古色古香,石柱浮雕蟠龙、栩栩如生。

梅林村由于地处山区穷乡僻壤,早在四百多年前,村人便开始向海外移居谋生。过去这里流传着一句古话:"漂船过海三分命。"漂洋过海遇到船翻人亡是常有的事,但梅林村人仍时拿生命当赌注,一代又一代人前赴后继,奔赴海外谋生。为保护出洋的亲人平安,梅林人于明末从莆田湄洲岛"割香",引进了妈祖女神，于清康熙年间兴建了天后宫。宫内供奉白面的妈祖神像。天后宫前面的河中，耸立着一座妈祖玉尊巨型雕像。圣像头戴凤冠，身披龙袍，项佩璎珞，手持玉笏，足蹈云海，法相尊严，雍容华贵。底座深浮雕日月同辉、鱼跃龙门、碧浪祥云等图案，蔚为壮观。

每年的妈祖诞辰之日，梅林人都要举行隆重的迎神赛会活动，场面很是热闹。迎神赛会活动从农历三月廿一开始，全村家家户户杀鸡宰鸭、做糍粑、买糖果等，并将供品带到天后宫烧香朝拜。三月廿三日是妈祖的生日，梅林人早早来到天后宫，参加由理事会组织的"妈祖过海"和"巡村"活动。

"妈祖过海"也叫"走水"，良辰吉时一到，几个青壮年抬着妈祖娘娘端坐的"八抬大轿"，从一群少年扮成的虾兵蟹将的阻挠中横冲直撞过去，直至突出重围，顺利抵岸。这一仪式的意思是，妈祖排除万重险阻，历尽千辛万苦，降伏妖魔鬼怪，为百姓领航……这一习俗延续至今，已有三百多年历史，意义深远。

精彩的"妈祖过海"后,便是妈祖"巡村"了。此时,几百个手持幡旗的人浩浩荡荡地从天后宫走来,那五颜六色的幡旗在山风的吹拂下猎猎飘扬,信士用大轿抬着妈祖神像跟在人群后,还有锣鼓队、西乐队和舞龙舞狮、大鼓凉伞队伍。妈祖神像所到之处,锣鼓喧天,鼓乐齐鸣,炮声不绝,火药铳震耳欲聋,还有龙飞狮舞,竞相献技,场面十分壮观,气氛异常热烈。队伍穿行在全村每个角落,人们在每座土楼门前大埕或大路口,摆上供桌、供品,等候"巡村"队伍的到来。妈祖神像一到,村民就在供桌前烧香叩拜,祈盼妈祖保佑合家平安、生活幸福安康。晚上,烟花齐放,把梅林的夜空装点得如同白昼。梅林人还请来大班戏到此演出三天,夜幕降临后,宫前戏台上丝弦绕梁、歌声悠扬,全村男女老少汇集在这里观看演出,别有一番惬意。

紧连古庙的长长的明清老街两侧是古色古香的老字号店铺,石铺的街道光滑如洗,可见梅林旧时的热闹与繁华。穿过那条百年老街,映入眼帘的是一座耸然而立的青石牌坊——节孝旌表坊。弥漫的炊烟把牌坊的石头熏得又冷又硬，那石头下面压着的是久已逝去的沉重的生命。

节孝旌表坊为魏睿衷妻简氏立，青岗石构筑，坊横额刻"节孝"二字。儒士郎魏睿衷二十二岁病逝，留下一子仰韵，其妻简氏十九岁便守寡，一守就是七十年。她含辛茹苦培养仰韵，使其成为一名国学生。长大成人后的仰韵到外地做油漆生意，颇有建树，发迹不忘故里与母恩，回梅林建了翠玉轩等三间学堂。翠玉轩由门厅、小屋、天井和大厅组成，大厅正中悬挂孔子神像，天井卵石铺就。整座建筑雅致精巧，弥漫着淡淡的墨韵书香。

而今我徘徊在这灰冷的节孝坊前，只见石柱上镌刻着进士、吏部司主事李时宪敬拜题写的对联"恩旌领凤阙龙鸾章浩凤遥御，洁操著梅垅冰雪心灯梅共馥"。历史的风雨已将字迹侵蚀漫漶，可风雨吹不去"立节完孤"的凄苦。石头默默无语，无语的石头恰似牌坊主人素洁清苦的一生。从那牌坊上，我分明看到了冷月迎窗，残灯照壁，一个女人独倚雕栏，苦苦地守着孤独的岁月，直到老去。

春日的梅林是诗意的梅林，这里青山寂寂，流水潺潺，翠竹婆娑，梅树素雅，远远就能闻到缕缕梅香。一进村里，就仿佛进入了梅花的世界。

梅花曾是梅林人生命的一种托付，每当点点或红或白的梅花昂然盛开时，梅林人的脸上露出的笑靥就像梅花一样灿烂。梅花怒放，十里芬芳，梅林也由此而得名。

寻梅的步履在梅林村的楼前屋后穿梭，雨中的梅花或许更给人一种神清骨秀、高洁端庄、幽独超逸的感觉。

当我从一株梅树前走过，忽然一阵风吹来，梅花纷纷洒落在我的身上。我深深地吮吸一口，那醉人的清香沁人心脾、久久不散。在这山坳里，梅花不需要阳春的熙日熏风，而是在天寒地冻之时，采天地之正风，萃水土之精华，傲霜雪而怒放，可谓孤禀特立、丰标高举。

当我在心中默默地为"瘦梅"不瘦的清刚气质所陶醉时，忽然有几只报春的鸟儿从梅树上空掠过，它们是梅花的知音、梅林人的知音吗？梅林人不因梅子的"贵气"而喜梅，也不因梅子的"歉贱"而弃梅，以致梅花依然在梅林这片宁静的土地上绽放。每当花开时节，梅林香雪成海，那艳丽的色彩、浓郁的芳香、婀娜多姿的风韵无不让人流连忘返。

水乡梅林，清幽恬静。那幽美绮秀、风貌殊丽的景致，附存、衍散的人文精神总是把人们拥入怀抱。

崇武，我永远的故乡

林轩鹤

喜欢大海的朋友，一定要去崇武。

崇武是我的故乡。它位于惠安县东部崇武半岛，四周烟波浩渺，滨海沙滩蜿蜒，犹如"半月沉湾"。

暮色里，海是那样的美，惠安女的倩影朦胧在海滩的尽头。

这里的海，时而是平静的。海面上，那片片白帆、朵朵浪花、微微细浪、粼粼波光、翩翩海鸟，无不令人心旷神怡、身心愉悦！

这里的海，时而是狂烈的。她会使你疑骇千万雄狮怒吼奔来……此情此景，让人感受着"雄姿英发，气吞万里"的苍远和大气，增添了人们的果敢、刚毅、强悍和坚韧！

崇武，我永远的故乡。故乡的海啊，无论我别离你多么长久，相距你多么遥远，我的心中都会激荡着你的波涛，澎湃着你的声音！

从南门进入崇武古城，迎面就是一个香火鼎盛的关帝庙，一把硕大的青龙偃月刀竖立在庙门口。闽南乡民的习俗，一崇关公，二拜妈祖。在这里，这种习俗显得更加突出。关帝庙不远处的城门上方有一间小城楼，里面供的正是妈祖。

站在古城南城门外，城墙上的"炮击处"三个醒目的大字依然刺痛我的心扉。

这是日本侵略军战舰炮轰留下的铁证。1938年5月17日（农历四月十八日）日寇兵舰炮轰崇武，在此留下一处长与高超过一人的大窟窿。

关于"炮击处"，崇武有个动人的传说：日本侵略军战舰炮轰崇武城时，炮口是对准城门正中的。正在这万分危急之际，城门里头关帝庙中的关帝爷用青龙刀把炮弹拨到一边去。

崇武古城之崇武，意即崇尚武备，宋太平

兴国六年惠安置县后,在崇武设小兜巡检寨。明洪武二十年,明太祖朱元璋为了防御倭寇入侵,派人在此修建城墙。作为海防的最前沿,崇武古城曾经在明代倭患期间首当其冲,屡遭进犯,亦曾失利陷城,铁马哀鸣。几百年来,古城军民凭借天然的屏障和牢固的石城历经血与火的洗礼,用生命谱写出可歌可泣的战斗诗篇。其实关帝爷的青龙刀,就是守卫疆土的军民英雄气概的象征。

这片土地曾经有过的英雄气概和无数墨客骚人留下的千古绝唱,并不因时光的流逝而飘散。

惠安县政府,于1987年9月,在古城墙当年受损处的右上方选择一块面积较大的砌墙石,勒石以志,全文为:"1938年5月17日,日本侵略军战舰炮轰崇武,南关炮击处,即为罪证之一。今古城重修,特勒石以志。惠安县人民政府。1987年9月。"

映入眼帘的这些文字在我眼前化成历史的画卷。

侵华日军的暴行,激起崇武人民的反抗。我仿佛看见军号阵阵,风烟滚滚,刀枪搏杀,豪气荡然。守土军民的一腔热血,都溶进了岁月,镌刻进灿烂的丰碑⋯⋯

一群年轻人无忧无虑的笑声,将我穿越时空隧道的思绪收回。几个青年正陪同来崇武做石雕生意的日本客人参观古城。中方翻译在"炮击处"前向日本客人介绍那段不堪回首的历史。那日本客人双手合十放在胸前,然后弯下身子深深鞠了一躬。

城门里的关帝庙中,随处可见虔诚膜拜的游客,那一束束香火缭绕成的云雾,在古城的上空翻飞,<u>丝丝缕缕</u>,轻轻飘飘,<u>蒙蒙眬眬</u>。古城以它的斑驳让人读到无尽沧桑,也用它的温馨让人读到无边的博大。

这时,三五成群来古镇旅游的旅客在这段受损的城墙脚下摄影留念。不远处,边防战士在海滩上勤奋操练。

流连于历史和现实的纵横交错间,我用心灵去捕捉这兵家之地的英雄情结,同时也用心灵去感受这文化古镇对和平的渴望。

在崇武镇西沙湾畔,有一座"天下第一奇庙"——解放军烈士庙。一看大门,像军营,门楣上有红五星雕塑。它的正殿、烈士纪念馆、烈士纪念碑、烈士亭和观潮亭等建筑物坐落在金色沙滩上。这时,庙里播放着歌曲《我是一个兵》,雄壮的歌声传向波澜壮阔的大海。

走进正殿,只见二十七尊身穿绿色军装的解放军雕像神采奕奕地坐在神龛位置上,神龛上方高悬写着"英烈二十七君"烫金大字的横匾。一位老妈妈正在拂拭台案,听说我特意前来瞻仰,热情地拉着我的手说:"解放军是我的救命恩人!"这座庙就是这位老妈妈带头筹资建的。她的名字叫曾恨。

曾恨?一个奇怪的名字。老妈妈向我讲述了一个动人的故事。

1949年9月17日,叶飞兵团二十八军八十四师二五一团部分官兵乘机帆船抵达崇武西沙湾,准备参加解放金门、厦门战役。上午9点多,有几架敌机突现崇武上空,狂轰滥炸。

一个小女孩受惊了，一边哭喊着"妈妈"，一边从沙滩向农田奔跑，情况万分危急，五名解放军战士奋不顾身地冲出掩体将小女孩护在身下。小女孩得救了，五名解放军战士却壮烈牺牲。这天，共有二十四名解放军为民献身。当地群众在附近沙地上将烈士隆重安葬。被救的小女孩名叫曾阿兴，当年十三岁，前一年随母亲从新加坡回国定居。

从此，小女孩改名为曾恨。恨谁？恨杀害解放军的人。1993年，她带头筹建解放军烈士庙，同时请进在崇武海域牺牲的其他三名解放军战士，并称为"英烈二十七君"。

残阳如血，把海面映照得通红一片，大海复归宁静。这血色，这宁静，使解放军烈士庙显得更为庄重、更为肃穆，平添了悲壮的色彩。惠安儿女虔诚的心，正如此时的海面一般宁静致远。

一下汽车，一阵强劲的海风扑面而来，我重新感受到了故乡的气息，一路颠簸的倦意顿消。

行走在故乡崇武半岛上，有成片的木麻黄树笔挺地站立着。

海风刮过，海涛声声，呼喊出大海的广博和坚毅。就是这份广博和坚毅，造就了崇武男子汉的石雕技艺，也造就了崇武镇"中国石雕之乡"的美誉。

漫步于这大海边的"石雕博览园"，一件件形神兼备的艺术品令人赞叹。而在潮涨潮落的轮回之中，潮水竟把一块大岩石打磨得活像一只大海龟，让人生出许多遐思来。一天，著名画家洪世清先生看了这只海龟后，思绪也如潮水般奔腾。洪教授以古城下海礁岩崖的原始形态，依形取势，循石造型，继承和运用秦汉的古朴、粗犷和残缺美的岩雕遗风，创作出充满灵性的游走于具体与抽象之间的各种艺术形象一百七十余件，被誉为"大地艺术"。

其作品的特点，即三分之一保留原始礁岩的形态，三分之一以艺术和人工加以雕琢，三分之一让时间和大自然去风化。

园内设置形态各异的石雕五百余件，与古

城、大海浑然一体；划分为二十五个景区，包括石雕动物园、狮子林、妈祖艺术展区、石雕艺术珍品馆、聊斋志异区、三国演义区、水浒人物区、西游记区、十二生肖区、二十四孝区、八仙区、观音坡景区、华夏诸神展区、崇武石雕艺术重要工程展馆、惠女雕像广场……精湛的技艺、雄伟壮丽的石头建筑、风格独特的石刻、绚丽多彩的石雕工艺品，交相辉映。古城下，沧海边，这朵艺术奇葩以其独特的魅力吸引着八方来客。

崇武旅游风景区被称为"南方北戴河"。城之方、海之韵、沙之丽、石之趣和特殊的民俗风情，构成其深邃而丰富的旅游内涵。

与石雕作品相映生辉的是闻名遐迩的惠安女。著名女诗人舒婷20世纪80年代初的著名诗作《惠安女子》，生动描绘了惠安女的勤劳、贤惠。

惠安女主要集中在崇武镇，这里男人长年扬帆出海，女人则独自担负起劳作之累。为了劳作的方便，她们干脆缝制短襟上衣，露出肚脐。一顶斗笠,把惠安女的勤劳能干诠释得唯美。惠安女服饰被列入首批国家级非物质文化遗产名录。惠女与石雕,让崇武这个"中国魅力名镇"实至名归。

踏进一家石雕厂的大门,便见几位惠安女正在操作机器,磨着石材。车间里有几位同样头戴花巾的女工,手持石雕工具,在几块青草色的花岗石上雕刻图案,不一会儿,一朵美丽的牡丹花渐渐浮现出来。这时,一件巨大的石雕作品——龙柱,吸引了我们的目光。这条极具时代特色的龙,没有古代雕塑那种浮筋露骨的造型,而是在筋骨分明中显出肌肉的丰满,精神抖擞,飘然欲飞。我不由惊叹其雕刻技艺的高超。

几个女工说,这件作品她们都参与了雕刻,有的人还自己搞设计、画图纸。另一个车间里,几个女工正在创作影雕作品,有人物、花鸟、山水,都栩栩如生。"精美的石头会唱歌",是她们使这些作品"活"了起来。

在落日如画的黄昏,我又一次来到海边,

迎面一群抬着满篓生猛海鲜的惠安女，沿着洁白的沙滩踏浪而来，她们头上的黄斗笠在阳光下灿烂如花，花头巾也迎风起舞。

惠安女勤劳俭朴的美德以及她们的聪明才智，成为家乡最美丽的风景。

2004年中秋的晚上，故乡崇武海边，火树银花，万众欢腾。蜿蜒的古城墙上高高挂起的红灯笼，如一颗颗从海上出水的夜明珠，辉映着古城、大海、天穹。

晚上七时，中央电视台开始在这里录制"中国魅力城市颁奖晚会分会场节目"——泉州市纪念郑和下西洋六百周年万人仿古祭海仪式。唢呐悠扬，锣鼓喧天，民俗表演在崇武古城的灯塔旁举行，拍胸舞、女子排子吹、火鼎公婆、舞龙、舞狮……

接着，大鼓奏起，礼乐吹响。祭海仪式主会场上，旌旗高扬。六十面锣、六十支旗为出海队伍鸣锣开道。六十四个武生手执干戚，列队表演中国的传统古舞八佾舞。舞台的两旁各竖立着八支麾旗，每支麾旗上都有龙的图腾。

再接着，由龙旗、宫灯、宫扇、凉伞提炉、乐队等组成的二十人仪仗队及府官十人，陆续进入现场列位。随后，主祭、陪祭手捧礼器行三跪九叩大礼，唱颂祭文，祈求妈祖保佑海上一帆风顺、采纳千祥……

沿海渔民自古以来就有祭海的习俗。崇武是台湾海峡西岸的一个半岛，登城四望，海天相连，惊涛拍岸。渔家人的一切，海天所赐，故而世世代代对海天有着天然的敬畏。因了这样的缘由，海岬上人们的日子，就成了一串串拜祭的符号：大年的祭祀、七月的鬼节、中秋的祭海等等。五百多年前，郑和第五次下西洋的船队就是从这里祭海后扬帆出海……

中秋是唯一天地人团圆合一的节庆，靠海为生的人们，在这样的月圆之夜，掬香燃烛，拜月祭海，祈求波平如镜、人生美满。或许他们从诞生起，就浸润在这样的传统里，大海、明月、秋夜，就是渔家人生命的一部分。这样的情结，世世代代在海岬上繁衍着。到了中秋，人们在海边灯塔旁搭台，各种民俗表演纷纷登场，将传统的祭拜作为民俗融进歌舞之中，使这里的风情更加浓郁，也更加别致……

去年除夕，我们一家子回老家过年。我的一位北方朋友没有回家，就跟我们一道去崇武。

在崇武过年，年夜饭有几道菜是不可缺少的，首先是崇武著名的风味小吃鱼卷。鱼卷主要有两种煮法：一是用油煎，然后加上青菜等佐料；二是煮汤，先在锅里把油烧热，放上葱花，再倒入开水，然后将切成一寸长的小块鱼卷一块块放进去煮。

还有一道叫"薯粉糊"，是将炒熟或油炸的花生去膜，把芹菜、香菇、笋干、葱等切成碎片，再加鱿鱼干、肉丝等炒熟，最后用淀粉勾芡。这道菜是崇武特色菜，我已很久没有吃过了。年，是喜庆，是团圆，而这道菜黏糊糊的，正好表示团圆，也表示聚财。

再有一道菜便是鱼了，表示"年年有余"，不过崇武人吃鱼的方法与别的地方不同，他们吃鱼不能把鱼翻过来，表示渔民出海才不会翻船。

大哥说,这些年崇武人富裕了,山珍海味吃多了,但没有这几道传统菜,就不叫过年了。

吃完饭,母亲在厅堂里摆上年糕、橘子、米饭,年糕上插上用五色纸做成的"春花",米饭上则放上几颗红枣,接着又点上红红的蜡烛。母亲又在每个房间都摆上年糕、橘子、米饭,点上红蜡烛。母亲一再吩咐,这是一年的好彩头,守夜时要一直点着,直到点完,中途不能让它熄了。

最后便是家乡过年时最重要的仪式——跨火盆了。母亲在大门外放上干草,点上火,放起鞭炮。家里的男性则要按辈分大小一一从火盆上由门外向门内跨进去。母亲说,这是游子回家了。

"啪!啪啪!"家家户户的鞭炮响起来了。红红的火盆也燃起来了,燃起了渔家人又一年美好的希冀……

赖坊,一个家族的古老庄园

哈 雷

赖坊,那个清流县大丰山下、九龙湖畔的地方,还奇迹般地保存着一片颇具规模的古建筑群。夏末秋初,它闯入我的视野,一个以赖氏姓氏为名的村庄,集民居、宫祠、庙宇、街道、水网、城寨为一体,堪称闽西北地区古代村落建筑的经典之作。正是黄昏时,落日晚霞映照在青黛色的瓦楞上,屋脊和门楼的飘檐上也映衬着一道暖暖的橘红,我感到了那一怀的古韵苍茫。村庄四面山峦垒叠、蜿蜒绵长,轻烟淡雾缭绕着、缥缈着,一条山溪清澈地穿过村庄,几只归来的老牛安闲地泡在溪水里,偶尔发出几声哞哞的叫声,更显得赖坊的宁静与安恬。

赖坊古村,肇基于北宋咸淳年间。据赖坊赖氏族谱记载,咸淳二年,赖一郎公与其弟九郎公从沙芜出发寻找丢失的母猪,一路走来,逦迤寻至后龙山下,找到了已经产崽的母猪。他们见母猪和十几只猪仔个个肥硕精壮,好生欢喜,又见此地是一生聚佳地,便相约举家迁于此,卜居水东,耕织繁衍。至明代,赖坊已形成"居民据而为乡落,于坊里相望,室庐相接,鸡犬相闻,庶已哉"的富庶之乡。迨至清代晚期,赖坊已户列三百余烟,除一家为黄姓外,余者皆为赖姓,血缘关系紧密且传承有序,是客家民系赖氏一门中较为完整的支脉。村中通道三辟、里弄四条、城门二通,东为魁星门,西为镇安门。村内房屋鳞次栉比,大门一概朝西。主街由真武庙起,依次为真武街、楼房下街、镇安门街。四条小弄从南向北依次排开,分别为真武弄、井弄、大坂头弄、井头弄。这些小弄幽深曲折,将整个村庄析割为既紧密联系,又相对独立的街区单元。

所有客家人居住地都离不开一条河流,赖

坊也一样，一条小溪流把赖坊村分成了东西两半。它叫"文昌溪"，千百年来舒缓执着地流淌着，滋养着两岸的客家居民。溪流的名字似乎映衬着客家耕读文化的精气神。村庄充分利用依山傍水的地理特点，由山前阶地至河岸谷地，房舍依序排开，山环水护，后山林木葱茏，前溪水流青碧。整座村庄坐落于碧野清溪之上，人工建筑与自然景观高度和谐，体现着客家先民以人为本、和谐万物、崇山敬水、天人合一的朴素人生观和价值观。

赖坊的水网，使这个古老的村庄充满灵动意境。

"可汲可漱，可漂可洗"的大圳沟，是古代村落基础设施建设的经典之作。与其他公共设施一样，大圳沟也是赖坊七世祖赖五义的杰作，就在今天看来，仍然能体味到设计者精密严谨和科学实用的理念。

一股水流浩大的山泉通过村里的人工渠道，流经我们走过的每一条街巷，水质清冽无瑕。水流经处偶见斑驳沧桑的古井，井口磨得锃亮锃亮。虽说村里用上了自来水,古井早已废弃多年,但仍可见井底汩汩涌出的泉水,以及漾在水中的影子。寻到村尾一个山泉汇聚的水潭,把手伸进水中,一股清凉顿时穿透了肉体,喧嚣和劳顿瞬间消失得无影无踪。

大圳沟是由两条山溪经改造后在村庄西南高处汇流,然后沿主要街巷里弄萦通每一家住户的水网系统。它盘桓于村庄的各个角落,水量充沛,常年不歇。它具有目的性很明确的消防功能,若某一户人家的房屋不慎走火,打开或堵上相应的木闸,水很快便漫进该户人家的天井,很方便灭火。

大圳沟的存在,既方便了生活,又具有卫生、消防功能,让赖坊的古老与厚重平添了几许妩媚的隽永。

赖坊古村,背倚后龙山,前临文昌溪,只有一座象征性的城门楼,名叫"镇安门"。除此之外,村周围再没有其他的防御设施。据村人介绍,赖坊肇基近千年,却鲜有匪患骚扰的记录,这在历史上战乱频仍、匪盗猖獗的闽西地区简直就是一个奇迹。

每当这时,村中老人会得意地告诉你,这是他们老祖宗赖五义的功劳。他老人家设计村落时,将村内街道按五行设计成了一个八卦迷魂阵,匪盗入侵,只有死路,没有生路。

带着这些疑惑,走进这座千年古村的深处,几番穿梭下来,仍觉小巷幽长、庭院深深,在高墙逼仄的阴影下,望着似曾相识的转角和墙壁,方向感顿失,若不是老乡们带路,一定会迷失在古巷深处的某个角落。

赖坊村内的小巷,如真武弄、井头弄、大坂头弄等,都是曲折幽深,在村庄内部盘桓数匝后才延伸至村口。在每个里弄的转角处,作为参照物的街角及其建筑物基本雷同,很难找到校正方向的物证。还有一个最容易被忽视的原因,就是街巷与水网并行,哗哗的流水声一直伴着脚步声前行,始终如一的流水声,最容易使人的空间想象力停滞,造成时间与空间上的错乱。

古厝门户朝向整体为坐西朝东,布局简洁,

造型精美，均为砖木结构。古厝的神情，素雅端庄，泰然自若，与这里的山水浑然一体。传统的双面坡悬山顶于重叠的山墙背后，以中轴线对称分布，面阔三至五间，中为厅堂，两侧为边厢。厅堂前是天井，采光通风，换气排水。院落相套，造就出纵深自足型的生存空间。

到了赖坊就不能不走访南山村马氏宗祠。这是一个至今仍连接着海峡两岸亲情的历史见证，是台湾马英九先生的祖籍地。每年来这里寻根祭祖的马氏族人和台湾宗亲络绎不绝，一派繁荣昌盛的景象。正如宗祠对联所书："一脉传承龙虎跃，两岸携手客家兴"。

"彩映庚""翰林第""棠棣竞秀""来清""迎熏""则荆""慕荆"等一批诗意盎然的民居名号，涌动着墨香四溢的文化氛围。这些堂号名称，是古代门第门榜文化的精华，至今读来仍令人唇齿留香。

迎熏民居位于赖坊赖武村中部，单进两厅式合院民居，由山门、坪院、门厅、上厅、厢屋及左右护厝等组成，砖木结构。卵石铺砌的坪院左首，建有四柱三枋的门楼，青砖砌就，风格素朴典雅。门楼上方墨书"迎熏"二字，典出《诗经》："南风之熏兮，可以解吾民之愠兮。南风之时兮，可以阜吾民之财兮。"此处大意是：温暖和煦的南风呀，可以吹散我的百姓黎民的怨气吧。恰当其时的南风呀，可以让我的百姓黎民五谷丰登、财源广进吧。

彩映庚，位于村西南文昌溪岸，门前碧水如带，屋后烟火万家，隔溪远眺，青山如屏，是客家人崇山敬水、卜吉而居的典范。合院式民居建筑，由大门、中厅、正厅、厢屋、护厝等组成，体量小巧精致，砖、石、木"三雕"艺术精美，是传统社会晚期没落文人的画心之作。"彩映庚"三字被镌刻在门楼门额上方，因上涂铁锈砂而呈铁锈红色。"祥光异彩映照在朝西开的门第上，五谷丰登且多金"，如此多的美好愿望浓缩在三个字中，且翰墨飘香、古雅灵动，这种点石成金、松风万壑的文字造诣，令今人叹服。

来清民居是一座建于清代早期的老房子，

保存着赖坊最多的传世文物。"清"应该是汉语言文学中最贞洁的汉字。"来清",既包括"呦呦鹿鸣,食野之苹;我有嘉宾,鼓瑟吹笙"的悠长之音,又涵盖"雏凤清于老凤声"的清越之鸣,寄寓着先人对后世子孙光其阀阅、克绍箕裘的殷殷厚望。

赖坊祖庙前,越过大圳沟,翰林第左侧,立着一座府第式建筑。远望过去,只见门楼巍峨、墀头参差,一片粉墙黛瓦守护着深深庭院。这是一座祖屋,为赖坊赖氏第二十二世祖赖荣秋所建。与其他的古民居不同,这座房屋的大坪正中,用卵石俏色砌有一"太极阴阳鱼"图案,规整清晰,光洁如新。传说,在朔月子时,有缘的人会看到阴阳两只鱼眼,发出烁烁之光,两条鱼衔尾而游,上下穿梭,洄游不止。

翰林第位于赖坊后龙山下,山塘背前,主山四季葱茏,泉流常年不涸。翰林第现存建筑建于清道光年间,系赖坊赖氏第十七世祖赖道亨所建,为两进合院式府第建筑,由门前大坪、门厅、中天井、前厢、后天井、正厅、正厅边厢及左右护厝组成。该建筑体量高峻、装饰素朴，除边厢窗扇上减地雕天马、麒麟、天禄等瑞兽外，只有一些包袱锦图案的漏窗。中厅与正厅太师壁上方各悬一漆金匾额，中厅者上书"文明继美"，正厅者上书"椿荫槐荣"。"文明继美"匾系清光绪年间翰林第屋主赖初兆的弟子为其做寿所敬贺。

大圳沟日夜流淌，翰林第、彩映庚、棠棣竞秀等民居如一座座纪念碑，承载着赖坊人过往的光荣与悲怆、梦想和挣扎、徘徊与追求。这些文化的物态形象正以亘古不变的感知方式与这个全新世界进行交流，隔着遥远的时空对我们述说着祖屋古厝那来自远古的絮语！

从将军街上走过

胡凤俤

从将军街走过，从百忍堂前走过，从土库人家门前走过。那窄窄街道的两旁耸立着高高的封火墙，虽然久经风雨侵蚀，却依然静静地矗立着，斑斑驳驳地写满了流金岁月和人世沧桑，总也拂不去古镇曾经拥有过的风流和繁华。

那天，匆匆赶路的太阳已然搁枕在玉屏山梁，落日洒金般投下最后一抹余晖，将人们的身影斜拉伸长，映射在巷口或砖墙上。那迷离恍惚的倩影，宛如光怪陆离的走马灯，流动着，变幻着，让人仿佛听到时间在悄悄地流逝中发出一声轻轻的叹息。夕照中，我们走进曲曲折折的街道，走进幽深僻静的巷子，走进古韵悠悠的土库人家，那杂沓的脚步声似乎搅乱了古镇黄昏来临前收合起来的一片宁静和安详。

从将军街走过,朋友说峡阳古镇原本有七条用石板或青砖铺设路面的老街,像一条条动脉穿流于古镇静默的躯体内,多少欢笑悲歌,多少爱恨情仇,多少悠悠往事,都发生在这长长的巷陌里,遗落在这古镇苍老的胸膛上,和着古镇轻轻呼吸、微微心跳的节律,激起了缥缈茫远的历史跫音,引起游人对一份熟悉而又疏陌的乡愁的美好回忆。

到峡阳,不能不看老街,不能不看祠堂,不能不看土库人家,因为老街、祠堂和土库是古镇历史的缩影。一千多年来,它们漫溻着浓浓的人文况味,让峡阳人为之骄傲和自豪不已。

从将军街走过,我忽然发觉这里的每一条老街似乎都与古镇历史名人相关联,似乎无一例外地凝结着峡阳先人一份至真至诚的家乡情怀,透露出后人那份认同感和仰慕之情,抑或还有贯以古今的待人处世的哲理。我们脚下的将军街便是如此。据说,北宋太平兴国年间,峡阳有一位叫应环秀的后生,智勇过人,朝廷选派他任广东潮州海丰镇守。因他剿匪保民立功,被朝廷封为威武将军。

有一年,峡阳遭遇火灾,大火烧毁了半条街。应环秀闻讯后,开仓赈济,倾其积蓄,救灾民于危难之间。为感谢他帮助乡人重建家园的恩德,大家便将新建街道取名为"将军街"。我们眼前这一条寻常街巷,却承载了一份极厚重的人情味。它穿越漫长的时空,徜徉在古镇的每一个角落,在普普通通的日子里,被反复酝酿成一坛浓酽醇香的老酒。

走在将军街上,停驻于百忍堂前,只是那祠堂大门并未专为我们而敞开,在我的内心留下了丝丝遗憾,但我们还是感受到扑面而来的一份文化魅力。那高耸的山墙、飞翘的门檐,无不透出一股古色古香的意味。我们的目光不停地逡巡那扇紧闭大门的四周,只见那门楣上镌刻"张氏宗祠"四字,显得古朴端庄。门楣上方是一幅"一门三进士"的砖雕图案,那栩栩如生的画中人物,承载了张氏族人几多梦想和憧憬。最能带给人们内心悸动的,便是那大门两边的镌金对联:"世守百忍祖训,家垂两铭宗风"。读楹句,品联味,参为人之道,悟处世哲学,我的内心已然踏上了一段荡涤灵魂的旅程。

百忍堂前,朋友不紧不慢地为我们讲述了一个娓娓动听的传说,一下子便拂去了我心头怏怏不乐的情绪。原来,张保和任泉州教谕忍受痰唾之辱而教化泼妇故事传到仙界,喜欢招事的吕洞宾装扮成又丑又脏的老乞丐,前来峡阳试探其兄张保昌。适逢张家举办婚宴,吕大仙大闹宴席,都被张家人用忍让一一化解。张家人隐忍持重的待人之道,不仅感动了上界神仙,而且也让我们这些凡夫俗子深深地为之折服:忍让是催生善之芽苗的温床,忍让是自我清明的泉源,忍让还是自我审视的规范。

从将军街走出,我们走到德胜街。我此刻仿佛明白了峡阳人为什么要极力推崇祠堂文化,应氏状元祠、范氏宗祠、张氏宗祠……雕梁画栋,巍峨壮观,无不诉说着他们祖先无上的荣耀。或许在族人眼里,那祠堂寄托着一份

"怀抱祖德""慎终追远"的寻根情结，代表着后世子孙"饮水思源""报本返始"的孝思之念，抑或还有一份对传承中华传统美德的期待和召唤。

如果说偌大的峡阳古镇像一张韵味悠悠的古琴，纵横交错的老街是一根根铿锵有致的琴弦，那么土库便是这张古琴弹奏出的和谐的曲调。走进大衙土库，那高大的栋柱、精美的木雕窗花，让我们啧啧称奇；走进石坂坪土库，那气派恢宏的规模、合理严密的布局，让我们叹为观止；走进大园土库，听朋友讲述"和为贵"的故事，又让我们感受到故事里的深长意味。清乾隆年间进士应丹诏晚年闲居故里，以和为贵，宽宏大量，冰释前嫌，帮助邻人巧渡难关。我似乎明白了孔子孜孜以求的与人和谐相处的道德规范，"里仁为美"在这里得到了完美的诠释，得到了温情的张本，也得到了永远的弘扬。

暮色不知不觉地降落到古镇，土库人家依次亮起了灯火，我们也要结束行旅。从深邃悠长、灯火阑珊的街巷走出,我的心里已然载满了义重如山、谦逊忍让、睦邻亲友的美好故事,载满了仁、义、礼、智的传统文化的收获。

地跨山海居适中

郭 鹰

今天,人们对"适中"更多的理解是儒家的中庸思想,是不偏不倚,是太平中和,是大浪淘沙、千帆过尽后的幡然醒悟。而我还是更喜欢它原来的解释——中途休息的驿站。

龙岩市新罗区适中镇,旧称"上坪",明嘉靖十二年,官方在上坪建立驿站,取名"适中驿",意思是适合中途休息的地方,负责邮传通信,接待传送公文人员和来往官员,适中地名由此而来。适中,有着与别的乡镇不一样的气度和风华,是因为它重要的地理位置。

由于地处东南一隅,闽西南的开发直到唐代以降才掀起第一次高潮。漳州、汀州的建立也正是这一时期的见证。汀州于唐开元二十四年建立，领县三，其一为新罗县。后新罗县改为龙岩县，并于唐大历十二年，改隶漳州。隶属关系的改变，使适中的命运随之发生变化，由原来的两州边界，成为漳州府的腹地之一，也成为龙岩通往漳州的重要通道。

宋代，适中人烟渐盛，并很快崛起，成为河洛文化的一块高地。明代以后，社会进入一个相对安定的时期，从龙岩至漳州的陆路交通逐渐兴盛，官方往来，商贾交通，打破适中的宁静。大山的险峻高远，使得过往路人不得不在山下的适中补给、休憩，于是促进地方经济、文化的交流。其中最负盛名的是盂兰盆盛会。

一进入适中境内，就被路旁那座富丽堂皇的牌坊所吸引。我们此番探访的是盂兰盆盛会的聚集地——白云堂。传说当年选址建堂时，一片祥云飘于地基上方，久久不散，先人认为此为吉祥之地，于是建起"白云堂"。不断修缮的白云堂，像一部不断生长的历史，既古老又青春。

据龙岩市博物馆提供的明万历年间《白云堂

公田记》记载:"阁乡兰盆之设十年三建,由来已旧(久)。""龙坪白云堂由自有宋嘉定间选甲岁庸建盂兰盆会三载。"

盂兰,倒悬的意思。盆是指盛贡品的器皿。盂兰盆即"解倒悬"之意。盂兰盆会源自《盂兰盆经》中记载的释迦牟尼的十大弟子之一目连在农历七月十五设盆解救已经逝去父母的倒悬之苦的故事。盂兰盆节进入中国后,与儒家、道家、中国本土思想文化、民俗礼教相融合,形成了儒释道共同参与的重要节日。

适中的盂兰盆节是从明正统九年开始,由适中陈、林、赖、谢四大姓联合举办的。"祈岁熟,报亲恩。"他们举行如此盛大隆重的庆典,不仅是报答佛祖的保佑和恩赐,也报答乡里乡亲们相互支持和帮助的恩情,祈求来年更好的生活。由于喜庆活动过于频繁,耗资巨大,所以不是一年一庆,而是十年三庆,即每逢天干甲年开始,连续办三年,然后休整七年。让休整变成积蓄的力量,让等待成为庄重的仪式。

据传,盂兰盆盛会敬奉的主神正顺圣王,

就是谢安。谢安,祖籍陈郡阳夏(今河南省太康),东晋时代著名的政治家、军事家,指挥过著名的"淝水之战",留下"八公山上,草木皆兵,东山再起"的历史佳话。

但无论在时间上,还是在地理位置上,谢安都与适中相差十万八千里,他是如何成为适中人心中的神祇呢?为此,历来多有异议,认为正顺圣王另有其人。直到我们将视野放远,发现敬奉谢安并非适中一家。据《漳浦县志》称:"谢东山庙,浦乡里在处皆有之。相传陈将军自光州携香火来浦,五十八姓同崇奉焉,故今祀于民间。"《漳州府志》亦云:"广惠圣王即谢安也,陈将军元光奉香火入闽,启漳,漳人因祀之。"这两种志书揭开谢安供奉之谜。适中作为漳州府所在地,特别是迁入适中的陈姓始祖本为开漳圣王陈元光后代,谢安在适中的落户并为不同姓氏所共同供奉就不足为奇。此外,谢安尊称为"广惠圣王""显济灵王"等不同称谓,而供奉他的庙宇均称为"正顺庙",与适中称谢安为"正顺圣王"也相吻合。

白云堂普遍被认为是宋代所建，唯有陈姓在盂兰盆节的祭文中称其建于唐代。我想不能将这简单理解为笔误，如果将盂兰盆节和供奉谢安放在唐代开辟闽南的大背景下，那么适中的这一文化盛举就会有另一番解读，为我们研究河洛文化提供另一种可能。

最令我感慨的是，盂兰盆节主要节目之一，就是"圣王公"到乡间四大姓的行台出巡。此时，各姓乡民隆重出迎，顶礼膜拜，重温乡规民约，有过节的乡民彼此必须主动抛弃前嫌，重归于好。

细细想来，有什么比这样的调解矛盾更好更文明的方法呢？难怪乎历尽千年风雨，古老的盂兰盆节，依然在今天焕发出勃勃生机。

适中土楼，一直是我心向往之的去处。只是，我来得太迟，二十年前鳞次栉比、形象各异的土楼已日渐减少。同济大学著名教授陈从周的"仿佛仙山入梦初，自怜老眼未模糊。流风已随宋元逝，如此楼台岂易图"犹在耳边，一幢幢土楼已在隆隆的机械声中衰败或倒塌。

适中土楼是与盂兰盆节一起到来的。宋元以来，陈、林、赖、谢四姓先后移入。据说陈氏迁入最早，陈元光后裔陈小十开基适中，为适中陈氏一世祖。福建现存较古老的土楼之一的古丰楼就位于适中镇中心村，为陈姓祖先所建。古丰楼建于南宋建炎二年，空井式四层方围土楼，坐东朝西，黏土夯筑。

寻找典常楼并不困难，沿着中心村村北的指示牌，往里走不到五十米，就到了。乍一见它，并不觉得惊艳，和之前所见的略有保护的土楼相差无几。我在中院一口古井边盘桓良久，只见井壁黝黑水润、波光一闪，像一只看穿岁月的眼睛，仿佛在告诉我们，这栋楼的前世今生。这座建于清乾隆四十九年的华丽土楼，只是适中几百座土楼的代表。

历史上的适中由于交通便利、土壤肥沃，人口较多，相对富裕。明代中叶以后，烟草自南洋传入，适中的"条丝烟"畅销全国，烟草种植、加工和贸易使得适中积累大量财富，到"康乾盛世"更是达到鼎盛时期。几百座土楼就是在这样的经济基础上建起来的。

作为福建土楼里方形土楼的集中区域,适中土楼的建设在清雍正、乾隆、嘉庆年间达到高潮,最盛期有三百六十余座。历经几百年风雨,适中镇现有保存较为完好的土楼两百二十八座,其中方形土楼两百二十七座,主要分布在中心、中溪、仁和等几个村落。

在适中的文化史上,朱熹的适时到来,无疑给予当地急需文化补给的人们一剂良方。

朱熹任漳州知州时,曾到适中讲学考察,提议建造魁楼。魁楼,原名"奎楼",祀二十八星宿之一的奎星,其为主文章兴衰的神。与魁楼遥遥相望的文明塔则如适中这艘文明大舰之桅杆,原为十三层,遭雷击,存九层,八百多载巍然不倒,傲指长天。用罗盘验之,文明塔的塔门与魁楼楼门南北连成直线,方向不偏不倚。每逢节日夜晚,塔与楼都有专人管理,日夜燃灯,彻夜长明。甚至盂兰盆节也有朱熹的身影。盂兰盆节上的"大台戏"传说是按照朱熹建议而创造的。

朱熹于南宋绍熙元年出知漳州，仅仅一年却颇有政声。"朱熹在漳州的全部变革，可以用正经界、蠲横赋、敦风俗、播儒教四个方面来概括，而正经界是他全部更革的灵魂。"由于朱熹巨大的文化影响力，在漳州所辖地区至今还流传着不少传说。这些亦真亦幻的传说使山乡文化搭上正统文明，具备着强大的传播力，成为一个地方凝聚人心的重要精神力量。

朱熹过后，是一代名臣文天祥的到来。

相比气派豪华的白云堂，江山镇的郭公庙（文天祥的左、右护卫郭炫、郭炼），显得简陋、矮小、冷清。若不是庙内立三块石碑，依稀可见"大明万历十年太岁在壬午秋七月上玄之吉……"，真不敢相信，这就是如雷贯耳的"丞相垒"。令人欣慰的是，虽然四周荒草连天、寂静无人，庙里、庙外却整洁干净，供桌上有新燃的香火，旁边还有几束新香。

文天祥曾在长汀、连城和适中有过短暂停留。正是离开了高宇庙堂，他才深切体会到来自民间的侠肝义胆、民族大义。而他的到来是一盏明灯、一米阳光,点亮潮湿蒸郁的莽莽荒林,让这片土地有了温暖和希望、开阔和明亮。

今天的倒岭,依然山势险要、盘曲峻绝,两边的菅草有一人多高。当年,文天祥率师经过这里时,追兵正急,百姓闻讯赶来接应,纷纷捐献门板、木料、绳索等,为文天祥架设临时便桥,文天祥万分感激,将此桥取名为"大义桥"。明万历十年,为纪念文天祥英勇就义三百周年,龙岩知县曹胤儒、县丞陈守化等人在文天祥扎营的遗址,建亭立碑,并在大义桥的原址建起了坚固的石拱桥,取名为"国公桥"。

文天祥与朱熹,他们的气节和思想影响着整个中华民族。适中有幸,不仅见证英雄可歌可泣的事迹,留下他仰首青天,锵然唱出的正气之歌,更留下一代文豪的思想精髓,承继了中华文明的源远流长的精神与文脉。

适中从上万年的历史中走来,历经唐风宋雨的滋润,茁壮成长,成为闽西地区一颗耀眼的明珠。这其中,除却适中成为外界进入闽西的咽喉通道之外,文化起到了重要的传承作用。

正是文化，使适中真正雄踞山海，从山村走向海洋，走向广阔的天地。

适中人重视教育，历来为人称道。适中土楼的建筑格局均为"一楼一屋一书斋"，同时花巨资建学田，为培养人才创造了良好的条件。那时适中较大的书院有大中书院、复姓书院。各族姓办的书屋、书斋遍布各角落。当地林姓上祖创办的书屋就有凌云书院、湛华斋、绿沙居、燕桂第、三省堂、活水居、醉经斋、观澜斋、绿影堂、俊川堂等，数量之多、取名之雅可见一斑。因此适中历史上名人志士层出不穷。在光绪年间所修的《龙岩州志》、民国时期修的《龙岩县志》里，适中人被选载入志的人物有百十人，如神童林希尹，举人谢仪、谢大锡，翰林谢伯翘，书画家谢澄光等。1919年，年仅十七岁的谢青锋以优异的成绩通过考试，到法国留学，成为适中首位出国留学生；1935年，获巴黎大学数理系和巴黎矿科大学采矿系硕士文凭，回国后在国内最大的矿场开滦矿务局任地质工程师。

1919年，在适中人的历史上应当记上浓重的一笔。5月6日下午，福州学生联合会（后改名"福建省学生联合会"）在谢家祠宣告成立，爱国学生谢翔高被推选为会长兼副总理事。这是福州最早发起的学生爱国运动社团。谢家祠位于福州市三坊七巷的吉庇巷60号，为适中谢姓先辈在福州市区专门购地兴建而成。当时福州学生联合会会长谢翔高正是龙岩适中人，其时就读于福州华侨中学，住在谢家祠中，所以谢家祠成了学联会址，成了当时学生爱国运动的组织指挥中心。1919年农历十月初四夜，亲日派奸商雇凶埋伏于谢家祠大门附近行刺，谢翔高连中七刀，血染谢家祠大门附近，时年二十二。他的离去并没有停止福州学生运动的脚步，反而使福州反帝爱国运动推向高潮，谢家祠成为反帝、反封建的历史见证。青年谢翔高以他的英雄壮举，成为适中人走向时代洪流的急先锋。

"让百姓都能吃饱饭、吃好饭"，是农业专家谢华安院士的"中国梦"，他为此终生奋斗。

在最初选择这个注定艰巨寂寞的梦想时,他不会想到,执着的追梦之旅不仅造福了父老乡亲,也给他带来巨大的荣耀,甚至被誉为中国的"杂交水稻之母"。写下谢华安这个名字时,我的内心充溢着极大的温暖、亲切和荣誉感。因为,他的母校龙岩农业学校,是我工作了近二十年的单位。在我踏入这个学校伊始,"谢华安"三个字就如一盏明灯、一轮明月,照亮农校师生的心。他从来不隐瞒自己的学校和学历,虽然简单的一纸文凭使他延迟近十年才被评为中科院院士。但作为全中国唯一仅有中专文凭的院士,他的胸襟与气度足以令人肃然起敬。

走进高高低低的楼、四四方方的楼,我上上下下寻觅,不知哪扇门曾留下他们成长的气息,哪口井曾滋养他们绮丽的梦想,哪座书斋曾为他们插上飞翔的翅膀?是合族而居教育他们要知足感恩,是悠久历史培养他们要勇担责任,是"一楼一院一书斋"的文化濡润了他们的学识修养。放眼望去,先他们而出的适中人,与他们结伴而出的适中人,紧随他们走出的适中人,一批又一批。他们目光如炬、步履铿锵,从朗朗书声的崇文书院走出,从灯火不熄的魁楼文明塔走出,从生生不息的庆云楼、古丰楼、典常楼走出……从此适中上空,群星璀璨,人文蔚起!

正值春耕时节,典常楼外,农人们正在紧张插秧,一畴稻苗,青葱透澈,又一个春天,绿染适中。

书香古韵

吴德祥

清晨,花溪河面上飘着淡淡的水雾,河水无声无息静静地流着,河底的水草因河水的流动而一律漂向一边,泛着碧绿的颜色。岸边的树丛倒映在河里,把河的半边染成了暗绿,树丛里不时传来几声鸟叫。一排砌了石岸和台阶的地方,排列着一行鲜艳的红水桶,一群妇女正在岸边浣洗衣服,说笑声从静静的水面飘上了玉沙桥。岸边有一条巷道,巷道的石台阶上,走下一位提着衣桶的姑娘,也加入浣衣的妇女中。

这条巷道我不知走了多少遍了,从这台阶上去,穿过光滑的石道,就是四堡著名的古书坊林兰堂了。林兰堂是四堡代表性的古书坊之一,因此游客到四堡,总是要到林兰堂看看的。几年前林兰堂经过重新整修,加进了一些现代的建筑材料,如水泥,虽然更整洁了,但也失去了不少古韵,想想,这也是难免和无奈的事。

四堡地处闽西的连城、长汀、清流、宁化四县的交合处,宋代称"四保里永宁乡"。明清时期,四堡竹木繁茂、特产丰盈、商贾络绎,经济文化空前繁荣,成为闽西北的商贸中心,尤以清代的雕版印刷业而名震江南。

据四堡雾阁村《范阳邹氏族谱》载,十五世邹葆初"壮年贸易广东兴宁县,颇获利,遂娶妻生子"。因居其地刊刻经书出售,至康熙二年搬回本里,"置宅买田,并抚养诸侄,仍卖书治生。闽汀四堡书坊,实公所开创也"。邹葆初首开书坊从事印刷业,大获其利,乡民蜂拥相随,使雕版印刷业迅速大规模发展起来,清中叶达到鼎盛时期,计有大小书坊一百多家,书籍远销十三个省一百五十多个县市,《金瓶梅》《红楼梦》《康熙字典》等皇皇巨著在四堡均有刻印,出版书籍达九大类一千余种。至清末民国初，四堡雕版印刷业才在西方先进的印刷技术冲击下走向了衰亡。

四堡自古商贸发达，书商、纺织商、粮米商、纸商等遍布各省市，甚至远涉重洋、漂泊海外，秉承了客家人志在四方的传统精神。翻开四堡的各姓族谱，多有记载其商业活动者。如雾阁邹学孟"少走东粤，长游武林，得陶朱扁舟之趣……创获更倍，称素封者"；邹华中"遨游江湖，获利盈余，恢宏家业任意卷舒"；马文溪"牵车服贾因家益殷实"；等等。其中也不乏科举无望而弃儒经商者，如邹朝锦"世路崎岖，随弃儒而就商焉……由是携经史书籍，游于东西两粤之区，经纪数年，获利常倍"，等等。而其中《幼学琼林》的增补作者邹圣脉，即是经商亦攻儒学者，是个典型的儒商。从以上可以看出，从商给四堡先民带来了巨大的物质财富，同时也造就了诸多具有经纪才能的人。

清代的四堡商人多以贩书为业，其经营方式具有工商结合的特色，即自己印书又自己销售书籍。他们以家庭式的商人集团经营，建立起庞大的书籍销售网和书籍生产产业,他们相互配合,形成强大的地方商团,因此书业有"龙断江南,远播海外"的壮观景象。这些家庭商人的兴起,冲击了传统的社会经济结构,促成了重商倾向,具有不可忽视的积极作用。如今,当我们走在四堡古街,两边的高墙豪宅古建筑仿佛在向我们展示商业给这古镇带来的辉煌业绩!

1993年,美国俄勒冈大学教授包筠雅到四堡做相关调查时,惊奇地发现四堡竟还保存有大量的古印刷文化遗迹,使她如获至宝。她在调查中说,她走遍了中国的有志可查的印刷基地,唯独四堡能保存下如此完整的印刷遗迹,这不啻一个奇迹!

如今,当其他地区的古雕版印刷遗迹已荡然无存时,四堡却奇迹般保留下了明清时期的古书坊、古雕版、古印刷工具和古书籍。在四堡的雾阁、马屋、枧头、团结四个村中,一座座宏大的古书坊依然保存完整。在古书坊内,庞大而沉重的石墨缸被闲置在天井中或屋檐下,有的被用作水缸。还有切书刀、切书架、雕版、版架、古书籍等都得到较完好的保存。村民们都说,假如不是"文革",这些东西简直多得充栋盈室,即使是"文革"后,也被当作炊用烧柴。一位村民说,他家的雕版当柴烧了一年也未烧完。从中可想象当年的印刷规模之大!

"文革"风潮没有把这里的古遗迹一扫而光,这可以说是四堡的幸运,也是中国文化的幸运!

四堡,虽然已翻过了那辉煌的一页,但流传下来的古老遗风依然存在。在四堡雕版印刷展览馆内,展出大量的古雕版、印刷工具及古书籍,在村中,则有大量的古书坊可供参观,印刷作坊连片横陈。游览其间,古老的文墨气息便扑面而来,你仿佛又看见当年那雕印繁忙、书商络绎的繁盛景象。徜徉清代古街上,将让你进入遥远的历史梦游中……如今的四堡,是闽西有名的水果生产和水果营销之乡,这里的水果商人走南闯北,大有其先祖闯荡江湖的传统气质。四堡水果营销现象被誉为"雕版精神的延伸"!

林兰堂屋始建于清嘉庆十一年，造型是有些别致的，采用双座堂屋、双座大门并列而建的方式建造。门楼坐西向东，气势雄伟，堆斗叠起。圳水流入林兰堂屋转几道弯流往小河。两座堂屋各建有下、中、上、后四厅，后厅背为后楼。各厅左右为厢房，横屋以走廊相通。每个厅堂和厢房前均建天井以采光。外墙为砖砌封火墙，内以木质梁、柱、屏构成厢房。两堂屋中厅各挂有朱熹联书"行仁义事，存忠孝心"，梁上各悬挂"静致""古柏青松"牌匾，看来主人是很有些儒家气韵的。大门外各有宇坪，用鹅卵石砌成。宇坪之间由一垛砖墙隔开，中开一门相通。宇坪前是四排横屋，小河边这排横屋有楼上厅、楼下厅，这些是当年的印刷作坊和库房，放置雕版和书籍之用的。

据说，当年林兰堂出版的书籍有《西游记》《千家诗》《文天祥集》《星要诀百年经》《幼学琼林》等五十多种，在广东大埔、潮州和闽西上杭、长汀等都开有书铺，雇请江西许湾的雕印工人和运输脚力就有近百人之多，还有婢女数人，印刷书籍销往江南各省及东南亚诸国，获利颇丰。当时每年从外地源源汇回银两有二十余万两，林兰堂因此富甲一方。如今的上杭新华书店据说就是林兰堂当年的书铺原址。中华人民共和国成立后，上杭的林兰仪记书局公私合营，因此变成了新华书店。

从整体看，四堡书坊多和林兰堂相类似，是呈回字形构建的，厅堂居中，中轴对称，四周为横屋和围屋。厅堂有前、中、后、私之分，谓为"重堂递进"，围屋和横屋有前、后、左、右之分。因房屋庞大且紧凑，采光就靠天井了，一座房往往有十几个天井。"九厅十八井"之谓即是说一座房屋有九个厅堂、十八个天井。这些厅堂、横屋均依靠走廊来贯通。为作业和生活方便，大门前还筑有院坪，作晒书版之用。院外再设一门楼，连接起院墙。四堡书坊有"千金门楼四两家"之说，门楼是一座房的门面，因此极为重要，各种雕塑、书画便都表现在门楼上。门楼外，则是一个池塘或一条水圳，方便洗涮物具和取水调墨之用。从外观看，整体建筑前低后高，平衡紧凑，气势雄伟。

从建筑材料和功能看，四堡古书坊以砖木结构为主，屋外砖墙到顶出檐，内墙青砖土坯砖结合，青砖在下，土砖在上，加刷盖白灰，也有以三合土夯实为墙。厅堂置以石础、柱楹、穿枋框架，互为应援，有利防震。板壁工字型制作，上用竹篾拼接，盖上白灰，既美观又增大使用面积。厅堂左、右前壁，以木质花格窗棂与浮雕镂空成花鸟、人物、山水为装饰，上棚顺水天花拱板，檐前吊柱下端饰以花篮雕刻。进门前厅屏风，设活动中门，平时关严，遇喜庆与佳节始开中门以迎贵宾。后厅楼房，左、右厢房为卧室。横屋各间为藏版房，或雕印场所，也有作卧室用，错落有效。门前院有围屋包裹，还有大门，称"重门大院"，多门方向不一，曲折而出。庭院天井中多植梅、兰、菊、竹、石榴、茶花等花草树木。

四堡古书坊的另一重要特色是文化艺术内涵丰富。雕塑、雕刻、绘画、书法等艺术门类在书坊中得到充分表现，反映了四堡先民对文化品位的追求。如四堡门楼建筑，几乎是集文化艺术之大成。门楼顶部鳌头饰以龙、凤、麒麟、狮子等，两侧雕塑、绘画了花鸟虫鱼、山水人物。门框正上方书有遒劲雄浑的大字，如"云峰拱秀""菁华绕境""岚光西映""种梅""锄月"等富诗情画意的华丽词语，也有写上堂屋名号的，如"中田""梅园"等。门楼两侧则书有表现吉祥、幸福和安宁愿望的对联。厅堂文化气氛浓郁，堂上悬挂各式牌匾，匾中题有"自得""致远""静致"等佳词，或抒情，或言态，或状景，或颂德，书法苍劲有力、飘洒自如、各显风格，两侧则悬挂地方名家字画，文气盎然，置身斯地，可感受到丰富而深邃的文化艺术气氛。

雾阁村的子仁屋，是四堡的另一座保存完好的古书坊。子仁屋始建于清嘉庆十四年。门楼朝南向，左右卷草飞角，各塑鳌鱼仙鹤，两两相对；中顶塑一火圈，火圈下四个门额题词"珂鸣锦里"，据说是出自当时顺昌知县之手。

门楼进去是一个鹅卵石铺砌的大宇坪，宇坪东面是正屋大门，门额题词为"瑞酿琼芝"。子仁屋以前、中、后厅为中轴，两边各两排横屋，后一列后楼。私厅横屋对称而建，以走廊互为贯通，高低错落。北面横屋后背是一排印坊。南边横屋后也错落建有二十多间杂屋间和印坊，还有"蕉风""椰雨"等门额题词。置身其中，可以想象当年工人忙碌雕印的盛况。

四堡还有一座古书坊也是颇值一提的，那就是在兹堂，位于马屋村，始建于乾隆年间。该屋坐西朝东，前、中、后三厅居中，后建一排后楼，两边各有两列厢房相对，前厅前一个庭院，由围墙围起，外门楼朝南，门额上书写"刻鹄遗箴"四字行书，内大门门额写"儒林第"三字。据悉，"刻鹄遗箴"意为印刷典籍以教化后人之意，"儒林第"意为藏书丰富的门第。

该屋创建人为马松存，从其祖上马权亨创建"在兹堂"印刷堂号始，到清代世代均从事雕版印刷业，曾以印刷明代奇书《金瓶梅》（当时为禁书）而闻名遐迩。该屋存有咸丰年间的两块古匾,一块为"七叶衍祥",一块是"善庆",现捐赠给连城博物馆收藏。

其实,四堡更让人关注的还是梅园。虽然,梅园因一场大火成了一片废墟,仅剩下一座留有屋主邹圣脉亲笔书写门额的残破门楼了。但凡文人到了四堡,梅园是不可不去瞻仰的地方,就因为这是清代布衣学者邹圣脉的居所。旧时的读书人,启蒙是必读经典蒙学《幼学琼林》的。鲁迅在《从百草园到三味书屋》中生动描写了他幼时读《幼学琼林》的情景:"于是大家放开喉咙读一阵书,真是人声鼎沸……有念'笑人齿缺曰狗窦大开'的……"毛泽东也读他的书《诗经备旨》,该书至今仍藏韶山毛泽东纪念馆,并被列为国家二级文物。这都可见邹圣脉的影响力了。物因人贵,梅园无疑就成为文人们怀念邹圣脉的所在了。

一轮朝阳已越出了四堡东面高耸的鳌峰山,洒下万丈光芒,照亮了这个曾经名播江南的书乡古镇,村间的小街上渐渐热闹起来了。四堡,新的一天又开始了!

风雨廊桥话沧桑

卢如昌

漳平双洋镇原为宁洋古县旧址，地处漳平市北部，与永安市接壤。全境南北长，东西窄。境内山峦起伏，地势北高南低。漳平最长的河流宁洋溪穿过双洋镇全境。境内青山绿水，风景迷人。

那峰峦叠嶂的群山紧密相连，山上郁郁葱葱，山间泉水叮咚。宁洋溪穿行在玳瑁山脉中，峡谷幽深，河流湍急，清澈如镜。河谷盆地上的稻苗和奇花异草随风摇曳。这一切构成了一幅优美的风景画。

提起双洋镇，当地几乎无人不知；可要说起"宁洋"知者便甚少。其实，双洋镇就是历史上的"宁洋古县城"。她是镶嵌在闽西南的一颗明珠，闪烁着璀璨的光芒。她像一本尘封在图书馆角落的历史书，蕴藏着许多鲜为人知的传说。岁月匆匆，穿越时空隧道，走进双洋，品读宁洋古韵，去聆听、去感受她千百年的历史，用心去体味那昔年的一切繁华与凋零，领略她的无穷文化魅力……

双洋有着悠久的人类文明史。据《宁洋县志》记载，早在商周时代，此地就有人类在此繁衍生息。1988年7月，考古发现的石锛和印有篮纹、绳纹、回纹、网纹等的罐、钵、盆、尊、鼎等陶器残件就是见证。此后，历代以来该地多属龙岩县管辖，直到隆庆元年宁洋才置县，后于1956年撤销县治，存史三百八十九年。

上溯几百年，繁华的商贸业为双洋镇积累了丰富的财富。历经几百年历史熔铸，双洋镇有了深厚的文化底蕴、淳朴的民风，留有大量的历史古迹。双洋古廊桥便是典型代表。

宁洋的城池虽然不大，但它三面环水，宁洋溪与建溪在此汇合；溪水潆洄，滋养了一方勤劳、淳朴、智慧的人民。宁洋人民为了自己的出行方便，在溪流的上方架造了一座座精美的廊屋风雨桥，于明清时期分别在原城南、城外、南门、城西、东洋水尾建有宁济（已毁）、太平、青云、登瀛和化龙等桥。廊桥数百年来与山水相伴，或耸立于街道巷陌之中，或横越于急流之上，成为宁洋古城特有的古建筑。当你来到坐落在宁洋溪畔的双洋古镇，穿过青石板小巷，漫步于古色古香的廊桥，透过历史的风烟，依稀可见它昔日的美丽与辉煌。

人们说：一座古桥就是一部历史。它们见证了中华民族的亘古文明。

双洋是由当地东洋、西洋二村得名。漳平双洋古廊桥饱经沧桑，走过千年的风雨历程，它与身下流过的滔滔河水一样，承载、记忆、见证着历史，它的每一块石头、每一根廊柱，都深深地镌刻着已逝去的云烟。双洋的古廊桥为石墩双孔梁式廊屋桥亭建筑款式，这些廊桥的桥身都是木构桥廊，桥顶上瓦盖翘檐，犹如建在溪上的一座座长木屋，那古朴而典雅的造型、实用而科学的构造、粗犷而不失细腻的风格，折射出古镇先民的文化观念、审美情趣和高超技艺。

双洋古廊桥犹似一幅幅古朴典雅的山水画。现存四座古廊屋桥均置有栏杆、屏椅，顶上覆盖屋瓦，可遮阳避雨，又称"风雨桥"。它既方便行人通行，又可供人歇息，成为附近居民休闲、乘凉的好处所。

太平桥，俗称"南门桥"，始建于清康熙二十九年，石墩双孔，歇山顶桥梁式木构架。由于古宁洋地处偏僻，官府鞭长莫及，以致盗匪横行，人民生产生活受到很大影响。人们将此桥取名"太平桥"，赋予祈祷"生活幸福太平"之意。

青云桥，原名"玉江桥"，俗称"下桥"，始建于明万历二十七年，清同治十一年重建，歇山顶桥梁式木构架，十一开间。桥头有座炮楼系防御建筑，三层土木结构，有枪眼，居高临下坚守桥下码头的安全。在面向桥阶附近有"青云桥"碑一块，清同治十一年立。碑文记述此桥是邑侯饯别赴考学子的地方。相传古时宁洋学子赴考时，知县及地方族长等皆在此桥附近码头送学子登船。为图吉利，清同治十一年此桥改名为"青云桥"。

登瀛桥，原名"西洋桥"，清顺治十二年重修，嘉庆二十二年重建时改今名，石墩双孔，歇山顶桥梁式木构架，十一开间。据传唐李世民网罗人才，以房玄龄等十八人为学士，号"十八学士"，被选中者为天下所慕，谓之"登瀛洲"。由此可推断，"登瀛桥"命名，系取"登瀛洲"之意。

化龙桥，在东、西洋两村水尾。东洋村的村口，为古时出入宁洋城的主要官道（现已废弃不用），横跨宁洋溪，清乾隆年间建，咸丰七年，同治八年、十一年均重修，石墩双孔，桥墩来水方向呈舟形，歇山顶桥梁式木构架，九开间。宁洋人在此修建化龙水尾桥，也有"鲤鱼跃龙门""金榜题名"之意。明代大旅行家徐霞客曾三年两次游历宁洋，均由化龙桥码头（码头上方原来有一个接官亭）乘船南下。化龙桥留下传奇的佳话——徐霞客先后两次乘舟由双洋溪南下考察,沿途群峰夹峙,激荡回澜,悬流曲折,峰回路转。徐霞客对宁洋溪的山川、地貌进行溯源考察、分析对比,发现了新的自然规律。徐霞客在《徐霞客游记》中写道:"宁洋之溪,悬溜迅急,十倍建溪。"在他看来,宁洋溪的发源地马岭与建溪的源头梨岭高度差不多,但宁洋溪入海的流程短,所以流速特别快,建溪入海的流程长,所以流速慢。因此,他悟出一个道理:"程愈迫则流愈急"——在同样高度的情况下,河流流程越短,坡度越大,流速越快。今天的研究者说,宁洋溪给了徐霞客灵感,徐霞客是全世界第一个发现这条真理的人。

"十里波光连玉带,一弯月影映廊虹。"民居、小桥、田园、游人、绿树,齐齐倒映在宁洋溪水中,描绘出另一幅清秀淡雅的水墨画卷。

咸村不老

陈巧珠

沿着霍童溪而行，车子过了桥，经过蕉城的外表村，道路变得狭小。相较当下的高速公路与二级公路，这的确是一条山路，可就是这条山路，牵引着许多岁月从大山深处走出来，又让许多日子从这里走进大山。就这样一条公路，成了今天我要去的咸村的一根生命线。公路两旁的树木葳蕤，一弯溪清澈明亮，偶有白鹭展翅掠过水面，泛起青山绿水的灵动。

瓦蓝瓦蓝的天空下，青青绿绿的山水间，在外界人眼里，就是个世外桃源，可生活在这里的人一样过着与外人差不了多少的五味生活。我喜欢这样有群山环抱、碧水清流的乡村。有人说我有古道之心，咸村的祖上选择在这里安家创业，也就是喜欢这里。我为自己高兴，因为我与古代仁智之士能有相通的爱山爱水情怀。

咸村坐落于平坦开阔地带，周山屏围，水流活脉，多好的地方。我佩服咸村肇基者的眼光、胸怀、胆识。

咸村各姓相争相安，发达辉煌，除了他们勤耕不忘苦读之外，我想还来自这方山水的福荫，受益于开疆拓土的祖先崇尚"人法地，地法天，天法道，道法自然"的理念。依山傍水，宜田开田，宜园开园，宜林育树，一个山坳的耕读文明就这样在这里生根发育。村落中民宅的相辅相成，一座挨着一座，在相互的攀比中，又相依靠，一家点灯夜读，一家便闻鸡起舞，一家舂米，一家便是辗茶，家家安居乐业，共创家业，繁荣咸村。我喜欢他们在历史中留下这过去的一笔，也喜欢当下还在抒写的情景。

时近中午，幽长的巷子，光滑的青石板街面，把我的影子清晰地映在上面，此时没什么人在走动，显得格外安静，我的影子，仿佛是唯一的生灵。到了一户人家的墙角与门口，看到三位白发老人或蹲或坐,一边抽着烟,一边谈笑,我虽没听到他们在说什么,但我想他们是在咀嚼着岁月,吞吐着日子。我走过时,他们向我投来友善的目光,那目光是我熟悉的,与这老房子一样,与这倾泻而下的阳光一样,是熟悉的那种温暖。一个外出劳作而归的庄稼汉子,头戴一顶斗笠,扛着锄头,步伐矫健而有力地与我擦肩而过,与三位老人相互打了个招呼。那庄稼汉子没有停下脚步,一双沾满泥土的鞋子踩着碎石小路,传出节奏感极强的哒哒声,回荡在幽深的小巷,那卷起的裤腿,随着步伐而前后轻轻摆动,一身磨得破旧的衣服的衣角在清风的吹拂下,微微扬起。一只狗在不远处,嗖的一声就迎了上来,四肢欢快地在地板上乱蹦乱跳着,摇着尾巴,昂着头,扯着衣角。那庄稼汉子伸出手,轻轻抚摸着来者,黝黑的皮肤泛起一丝笑容,狗随即伸出舌头舔着那只长满老茧的手,随后两个身影一前一后进入了家门。不说一个字,不用一句话,这个场面那么温馨、那么默契。看着消失的背影,我不禁想起了"足蒸暑土气,背灼炎天光"的诗句,不禁想起了父亲。此时的他,一定也在回家的路上,而母亲早已备好热腾腾的饭菜,倚门而望。我还想起了父亲与母亲额上增添的皱纹与双鬓的白发。这时候,我的心像是被什么刺痛了,这种痛让我清醒地意识到,他们在抚养我们兄弟姐妹们长大的漫长而艰辛的岁月里正渐渐老去,他们脸上刻着的沧桑与渐渐浑浊的目光就像这老厝的影子,这老厝百年来为人们遮风挡雨,在岁月的侵蚀中,一年一年地渐渐老去。

眼前呈现出的这座老厝,如一位历史的叙述者,厚重而斑驳的墙体显得庄严与肃穆。敞开的大门,早已褪色的木质门板露出原木色,蝙蝠形门环上的铜绿锈迹斑斑,门前的石板被往来的人磨得光亮。这一切都记载着年华的流逝。可看到那流痕,就会被某种力量牵引,我的目光掠过大门,停留在了这个意境幽深的庭院,脚步不由自主地踏了进去。穿过弄堂的风,带着潮湿的空气,夹杂着泥土气息与草木发霉腐烂的味道扑面而来。烟囱里袅袅升腾的炊烟，在屋顶徘徊着、留恋着，整个院子弥漫了一种草木燃烧后的清香与烟火的味道。那阵风裹挟着炊烟，与它缠绵着，纠结着。在阳光的照耀下，我看见地上掠过了炊烟的影子，它们在挪动，在爬行。我想象着，这是不是不愿离去的挣扎，可渐渐地、渐渐地，那阵炊烟越来越淡，越来越模糊，最后消失在空中，仿佛它不曾来过。天井的墙角与石板上一层薄薄的、湿润的泥土成了青苔的温床，成了小小寄生虫的乐园。那些小小的寄生虫在自己的小天地里忙碌着，窃窃私语，说着不为人类所知的语言，而它们定然也不知人世变迁，在这阴暗的角落肆意生息繁衍，进行着一次又一次的生死轮回。

咸村自古以水运为生，福安、屏南以及闽北和浙南一带的商品都要在咸村中转，所以咸村一直都是闽东北山区重要的商品集散地和军事重地。商业聚集，必出商人，咸村外出经商的人不仅多，且生意也大。他们把当地的粮食、茶叶、木材等商品运到各地。他们进行着经济交流的同时也在进行文化的交流，在挣钱的同时也挣回了许多理念，还养成了咸村人包容、精明、坚韧的性格。外出经商的咸村人，挣钱了衣锦还乡后添置房产，光宗耀祖，在家苦读的"以才入仕"。两头各有成就的咸村人，归宗于树人为本，于是又让咸村文风昌盛，咸村就有四个私塾在传授诗书礼教。怪不得这里人才辈出，孝节礼仪成风。除了村外孝子义士、节妇烈女的牌坊在讲述着他们故事外，一家家大宅一样把道德伦理、渔樵耕读的文化融入建筑物中来。幽静的天井，传承了"四水归堂""四方聚财"的建筑理念，一个大大的水墨"福"字画昭示八方来福、代代福贻。我在那斑驳的青砖墙面上，那将鲤鱼、蝙蝠、祥云等画案巧妙地相融的大"福"字的肌理里，还读到深深蕴藏着的对福、禄、寿、喜的向往，读到这家主人书香门第的诗风书韵。

踱步于宽敞的厅堂，仰望琳琅满目的匾额悬挂于上，"古稀同春""福寿康宁""萱草长春"情趣盎然。正在我迷醉于其中时，一位中年妇女笑容可掬地走了出来,想必她听到了我的脚步声,端上茶水前来招呼。我羡慕她能是这家的主人,可她说村中这样的老厝还有很多。原来咸村才是我的敬慕之地。我要细细看,用眼摄制,用心收藏,收藏着深隐在大山深处的文化珍宝。

墙饰,窗棂,一样也不能放过,能理解多少那靠自己的心性,但要让每一样的美先赏心悦目。大厅的窗棂,斜棂相交后组成的一幅菱格形图锦。正方格花窗,方方正正。厢房的花窗,或为鸳鸯戏水,或为喜鹊登枝,无不寓意深远。古朴典雅的木质屏风,或桃园结义,或八仙过海,无不栩栩如生。艺术之美原来民间一样享受。

进入后院,又一个天井,阳光从马鞍屋脊上倾泻而下,绿意盎然的藤蔓沿着墙壁顺势攀附。一左一右两个大水缸格外醒目,水缸上雕龙画凤,一根水管从房顶插入水缸。这么大的水缸如何移进,我正纳闷时,家中女主人给了答案,便是在房子未完工时就已安入,可见主人的心机精巧。

  我想心机只是小智，这样的古厝并不是承载心机，其承载的一定是德，是家风，是智慧。我在老厝中读到了他们的祖训："勤俭出富贵，懒惰出贫穷。""老对少以教，少对老以敬。"这才是古厝给我们讲述的核心一节。

  古厝在三百年的风霜雨雪里正渐渐老去，可是她又风华正茂，一个家族的家风、祖训在这个村后代人的血脉里代代相传，并散发着朝气。就那些随意摆放于地上的瓶瓶罐罐，种着许多不知名的花花草草，兀自绽放，随着微风轻轻摇摆，影响着我，在我心底萦绕着一缕缕温暖的情愫。

  千年咸村，仿佛比这老宅还老得多，但这不是老，你看咸村处处生机勃勃、青山绿水，是周宁县的重镇。这古老的一切，只是在告诉我们，它根深植、脉长存，赶着时代潮流来到这里，还会读到它一篇古老的传说。

穿越时空的守望

黄钲平

霍童镇位于宁德市蕉城区西北部,距市区仅四十余千米。其历史悠久,距今约四千年前的新石器时代,霍童就有人类活动,至今还留下许多遗迹。另据《寰宇》载,传说昔有仙人霍桐住霍桐山,唐天宝六年改霍桐山为霍童山。

它还是佛、道等宗教重要的场所。唐朝时起就被评为全国"三十六洞天"之首,位居五岳之前。霍童支提山在佛教界的地位与五台、峨眉、普陀、九华四大名山并列,是天冠菩萨道场。千百年来,霍童被冠以"佛国仙都"的美名,而披上了一层神秘的面纱。

选择一个像这样的阳春三月,从宁德市区出发,沿着赫赫有名的霍童溪,一路上的风光,绝对让人惊喜：被誉为"八闽第一水"的霍童溪自西向东贯穿整个镇域，丰富而秀丽的自然景观林立两岸。其水纯，风清水碧，远山近林，视野宽阔，超凡脱俗，犹阳朔之于桂林。其山活，山形山景错落有序，层层递进，蜿蜒曲折，老君岩、双鲤朝天、狮子峰、睡美人等栩栩如生。其林幽，柏步知青林、邑坂生态植物园，树种繁多，树形怪异，树龄最大的达一千四百多年，最高的达四十多米，周长最大的需七八人环抱，其中还有濒临绝种的珍稀树种——竹柏等。

步入镇区，你不能不去看看至今依旧保存完好的明清建筑一条街。古村落里的分族小组团建设和单体建筑体现着独特的个性和韵味。其选址、规划、布局、用材、建筑，乃至审美，无不浸染着"天人合一""归隐林泉"的道家与儒家的哲学思想，洋溢着拥抱大自然的亲和，且有"耕可致富，读可入仕"的耕读文化。

三百余米的老街，当年的古驿道，如今深巷两旁的店铺依旧保留着半人高的柜台。店面、作坊、住宅三位一体,保留古代商家"前店后坊"或"前铺后户"的特色。店铺墙体上当年粉刷的石灰已显斑驳,但毛笔书写的店名却依稀可辨,见证着此地曾经商贸业的繁荣昌盛。

穿行老街中,我们看到了许多旗杆立石,完全可以想象当时这里是何等的繁华昌盛、何等的自豪炫耀。进入一家江夏黄氏的老宅,内堂梁柱上方那镌刻着的"选魁""椿荣萱茂""瑶池春永"等牌匾也早已斑驳脱落。大门前那道"永绥吉劭"的牌匾,体现了一个读书人感泽圣恩的情感。老宅的雕刻,大到屋柱梁架,小到掌拱铆钉,无论是花、鸟、虫、鱼,还是人物、山水均玲珑剔透、栩栩如生。梁柱、匾联、回廊、门窗等建筑上的雕刻故事大多取自《三国》《水浒》《西游》等。一幅雕刻一段故事,这些绝美的雕刻既见证了老宅的历史,也见证了主人家族曾经的辉煌。

雕栏玉砌应犹在,青苔阶痕述沧桑。穿行在雕花墙栏、厅堂楼阁,内心的浮躁会被一股幽静之气抚平。徜徉在百年石阶、雕梁画栋之中,令人忘却了时光的流淌,仿佛历史就在眼前。霍童溪畔上百座的古民居,拥有着独特的历史景观,承载着特殊的文化标本,尘封着当地历史记忆,让人看不够、难舍弃!

老宅,沉淀着霍童这座千年古镇原生态的文化底蕴,她的古老、精细、内涵,使人留恋,令人遐思。

如果,你有足够的时间,当地的村民还可以细细向你道来,他们引以为豪的先贤黄鞠。

一千三百多年前,黄鞠不仅为当地带来了中原先进的耕种技术,还开凿引水隧道,灌溉了万亩良田。为感恩其造福子孙的功德,至今每年的农历二月二,当地群众还沿袭举办灯会来纪念这位先贤。

阳春三月,沿着霍童溪的松岸洋慢慢行走,扑面而来的是满眼翠绿,勤劳的农妇已经在采摘春茶了。耳边听到的是淙淙流水欢快的歌声,叫人心情豁然开朗。临近渡头村,看见一隧洞,连接着一上千米的水渠。若不是亲眼所见,你真的很难相信,这段千年水渠至今还在发挥着效用。

据黄氏族谱记载,身为隋朝谏议大夫的黄鞠,目睹了炀帝的荒淫无道、奸佞当权,于是萌生了退隐田园的想法。一天,他终于带领家眷悄悄离开京城,一路向南寻来,来到霍童,见到霍地广袤、霍水如带,果然是理想中的桃源之地,于是决定定居于此,开发霍地,建基立业。

古代,农业是开基立业的根本。黄鞠看上霍童是因为霍童溪南北两岸肥沃的冲积平原。他更知道水是农业的命脉,可开渠引水又谈何容易,特别是遇到有山岩阻挡的地方。据说,那时开凿隧道的办法就是将柴火放在石头上烧,等待烧到一定温度时,突然灭火,用冷水浇石,使岩石在急剧的热胀冷缩中爆裂,再用简单的工具一点一点地撬,就这样不知道过了多少时日,硬是将引水的隧道打通。现存的隧道有七八十米长,宽约一米(人称"度泉洞")。对于度泉洞,有专家考证说,这在福建水利史上是首次发现,在中国水利史也是不可多见的。

如果你是农历二月二来到霍童镇，就一定不要错过那热闹非凡的灯会，入选国家级非物质文化遗产名录的纸扎与线狮技艺一定会让你大饱眼福。

特别是"大装"之年，车到霍童迎宾门，便车水马龙，观者如潮。8时许，爆竹声声，烟花冲天，霍童四境的花灯纸扎齐出，令人目不暇接。纸扎题材多选自历史典故、神话传说，也不乏反映现实题材的。这些纸扎的人物、动物造型无不栩栩如生，且均巧设机关，动作麻利且细腻，并糅合了现代的声、光、电技术，着实令人叹为观止。

而在这支花灯队伍中，压轴的自然是线狮表演。号称"中华一绝"的霍童线狮自然更是不能错过。霍童线狮，亦称"抽狮舞"。据传，霍童线狮是由当地儿童玩具演变而成。原先民间老艺人为儿孙做线扎狮子，以家中椅子为架，牵动线绳，使狮子跳跃为乐。后来，民间艺人在赶赛会的基础上，就此演绎成大型线狮表演——扎制的狮子，通过绳子将狮头、狮身、狮尾、狮脚吊挂在木架上,木架安上车辕,表演者边走边抽绳子,并配以幕景和照明。线狮舞一般分为雄、雌"双狮舞"和母狮、仔狮"大小狮舞"。而线狮的秘诀就在于由几条线构成的全身"神经系统"。这些线一头系在线狮身体的各处部位,做到张弛得当、错落有致,另一头穿过几米见方的"表演台"掌握在表演者的手中。表演者少则五人,多则十多人,长期的表演训练,让表演者身手敏捷、臂力过人,把狮子抽动得时而挠腮戏球,时而腾空飞跃,引得观看者阵阵喝彩。

在霍童,能展示霍童线狮精湛技艺的,如今有黄、陈两大姓氏。按照当地人的说法,其实,每年农历二月二的灯会上,就是黄、陈两个家族的友谊比赛时光。他们每年较量着,共同促进,共同成长。如今,线狮表演的影响力已冲出国门,在东南亚一带广受欢迎……

从这热闹的灯会中,我们仿佛看到了线狮威风凛凛地从历史中舞来,又将充满自信地向无尽的未来舞去。不管时代如何变化、科技如何进步，线狮永远是霍童人剪不断的情结。

春日的阳光静静洒在霍童溪上，清碧的溪水波澜不惊地流淌着。这和多年前没什么两样，但霍童溪畔却早已换了人间。

当年，邓子恢、陶铸、叶飞、范式人、曾志等率领闽东人民开展了轰轰烈烈的革命斗争，创建了闽东苏区。霍童溪流域是当年闽东革命的发祥地之一。叶飞、颜阿兰等率领的霍童暴动在这里打响了宁德工农武装斗争的第一枪，进而建立了闽东工农游击第三支队，推动了宁德土地革命运动蓬勃发展。霍童镇还是宁德县苏维埃政府和中国工农红军闽东独立师成立地、中共宁德县委重建地。

今天，在霍童镇，坑头村宁德苏维埃政府旧址、支提寺中国工农红军闽东独立师成立纪念碑、霍童（宏街宫）暴动纪念碑、国共和谈旧址文昌阁等革命遗址，已成为霍童红色之旅的一部分，吸引着无数的后人前来瞻仰革命英烈，追寻革命先烈的感人故事，感受他们的伟大人格，品味他们的忠贞信仰。

青山依旧在，绿水东流去，流去的只是岁月的风霜，红色的记忆永远留在人们的脑海。

富有开拓和创新精神的霍童，在恪守传统血脉的同时，正顺应时代的脚步，寻求历史与现实最完美的对接口，摸索古老文化与现代生活的契合点，焕发着勃勃生机。

杉洋梦影

林剑英

一带萦纡的清流,一抹起伏的山影,屏障出杉洋这么一个恬静安适的古镇。

镇里静卧的老屋古宅是不动声色的,镇南由东向西奔流的龙舞溪却空蒙灵动。溪流潺潺湲湲,细细密密的波纹有些热切和率性,又有些心不在焉,每一朵浪花都仿佛阅尽沧桑又超然物外。

离开龙舞溪,那溪声仿佛还在身前身后若有若无喧响着,渐至宏大、沉着,让人思绪飘飞。"秀水一条银带绕,奇峰四面玉屏环,人在洞中天。"山环水绕、景色秀丽的杉洋,确实宜人耕读,但徜徉其间,心里总有一份绵长的感叹:杉洋是古田通往宁德及沿海的东大门,历史上是全县唯一筑有城墙的村落。可近年来,其大田东部政治、文化、经济的中心位置却无奈地让给了相邻的鹤塘……什么时候,这片儒气盛炽、民风淳厚的土地能再显生命勃发之景象,让销魂的风采,重新亮丽在未来宏阔的岁月?

生活是一条长绳,往事就是长绳上一个个结,有着太多太多的积储,让人痴痴回想。不知提起清雍正十二年,今天的杉洋人的眉宇是如何明晦卷舒。传说这一年,屏南的双溪与杉洋作为遴选县治的候选乡镇,采用的方法是称当地的土壤以土重者设县。双溪人一心想成为县城,在土中掺了铁砂;杉洋人不愿县治干扰他们的生活,在土中掺了木炭。谁重谁轻,过程没有了悬念,结果更是一目了然。

或许历史总是在人生有限的时间里,给我们展露它偶然性的背影,而百年不过是一串旋涡,但烙印在人们记忆中的这一瞬间却突显其被如鞭风雨雕刻出的粗犷面庞。不管人们重提这则传说时有着什么样的感受,我却以为,在土中掺了木炭，是乡人在农耕文化投影下的乡村心理的放大：大概当时的乡人认为杉洋"有城廓之可守，墟市之可利，田土之可耕，赋税之可纳，婚姻仕进之可荣"（王夫之语）吧。而不愿县治干扰他们的生活，正表露乡人始终叩拜着农耕社会的简朴理想。吊祭唐宋两代日益遥远的辉煌，让杉洋失去了千年难遇的发展机遇。不谙时务的守旧心态、极端的排他性，使得这里难开新的风气，难拓新的境界。

时至今日，亘古未变的农耕生活已经翻向它的最后几页，"林泉务耕种"的古典情怀在农耕后人的躁动不安中日渐淡远，农耕文化的城墙正在一片片地被剥蚀，使得这种感叹极易蔓延。每当日暮时分，有些年纪的乡人劳作之余，就会在房前屋后，或者某个旮旯的石阶上默默蹲着，一支接一支地抽烟，几点星火明暗，伴随几声深深的叹息。一切都那么静，静得令人不安，一切都那么平淡，平淡得令人沉重。

四季每一个轮回总呈现出许多新的变化，即使是朴素的田野也可以是幻化万千的。失去的机遇可以寻回，甚至可以创造，但封闭、黏滞、惰性、消极的文化心态一日不变，杉洋的天空就不可能如往日那样的澄澈明亮！我忽然想起古镇冬日里晒太阳的老人：在金黄的阳光中，他们坐在狭窄的屋檐下，半眯着眼睛，似乎在打瞌睡。身后，屋檐下深深的阴影，门楹上精美的木雕格窗，衬托着他们虽已苍老，却依然让人想见他们年轻时，或英俊帅气，或绰约风姿的面容。阳光斜斜地照过来，让人似乎听到了长长的歌吟，隐隐约约地，似乎从很遥远的地方飘来，在满脸皱纹的老人身边萦萦绕绕，如游丝，如梦幻，恍惚中很容易让人无端浮现他们轻易不示人的装潢庄重的族谱，那里面渗透了岁月的风霜，辉耀着家族往日的繁荣。所谓的官宦继世、诗书传家，当然是代代相传的内在延续的强大支柱，也是乡人保持安闲慵懒的理由。

可在我的眼中，古镇老人的"造像"，实在是一种象征，那熟视无睹、平静如水的面孔上，不与今天杉洋人的心态相似吗？杉洋在文明史上一直很灿烂。即使是时光凋谢，杉洋照样一如往常地宁静安详，永远眯着眼等待抚摸。

杉洋第一次推出自己是在一千多年前的唐朝。余氏开基祖余焕和他的家族叫响了"蓝田""三阳"这些名字。余、李、彭等家族都曾"喜其山川秀丽，去城邑远，可以晦迹，遂卜居焉"。

杉洋是美景的、灵秀的、诗文的。中原这些士族迁移到这里，人生便另作安排。天之宝光，地之灵气，凤林栖霞、狮岩积雪、象峰夕照、马首嘶风、古洞留云、天池引月、云梯接汉、一线洞天，这蓝田八景引发的当然是空灵虚静、平和精致的古典情怀。漫山的翠竹和树木历经柔雨软风的呵护，拨响心中那根柔软的弦，颤出一腔的九曲婉约。"薄暮山尤紫，寒潭水更深。""樵子今时路，仙人昔日过。丁丁引幽兴，山谷应清歌。"从这些诗来看，乡人的祖先是忘情流连在这清山丽水之间，沉醉在杉洋饱蕴江南风韵的景致之中的。留传至今的清辞丽句想必也是他们游山访贤、月下清风、品茗对句、一派逍遥之后留下的佳作了。杉洋临天阁曾书有这样一副对联："高阁邻天，咏、读、棋、觞、弦且管，在在乐天真，不着邱园廊庙；奇观拔俗，山、川、鱼、鸟、竹而松，端端消俗虑，何分烟火蓬莱。"杉洋的文化心态既有北方的朴拙凝重，也有南方的飘逸灵动。在他们的诗文里，山岚与天籁随四季更迭，将杉洋滋养得精血饱满。这当然是乡人引以为豪的一段辉煌史实。但如果将杉洋的文明史置于中原士族大规模入闽的历史中去观照，我们就会发现，杉洋的文化启蒙较福建各地已迟数百年。西晋末年八姓入闽及唐代陈元光开发漳州，都较杉洋的开发为早。且当时其他各地，名士南下，闽人北游，还有海外文化的交融，往往因地利而领风气之先。但杉洋却迟至明代，仍然道路"巇隘蓁芜"，难以行走。明代徐𡺚《古田道中》诗云："路到高时愁绝蹬，山当开处见孤城。单车独向云边出，雾尽舆夫一日程。"这极大地影响了杉洋的文化交融，因而杉洋的文明较于闽地文化交融的浩瀚而言，只不过一脉细流，大泽涓滴。

时隔久远，沧桑阅尽。一千多年过去了，今天杉洋的大街尽管渗着现代的气息，然而几百米外的旧城墙仍然沉浸在历史的寂静中，让人恍惚回到遥远的昔日，回到野草环绕的时间深处：那里小巷深深、寥无行人，两边都是高高卵石垒成的高墙。拐一个弯，小巷向更深更远的地方游去，一堵砂石短墙绿苔斑驳，有绿树从小巷边的院子斜伸出来，幽暗而神秘。这些景致，很容易使人找到一个怀旧的起点，从一块青石板、一格花窗，甚至一声檐角风铃清脆的鸣响出发，那些曾名盛一时的繁华社会重现在眼前，不知不觉就缠绵了人们的脚步，让你不忍离开，进而"软化"你，渐渐地生出安怡和舒缓。走进杉洋，处处可以感受一种文化积淀，那些保存完好的贡生捷报，显示及第级别和尊荣的旗杆夹板，精雕细镂的窗棂、门扉、斗拱、庑廊、天井，以及各色旧式家具等等。透过千年历史，那种如泣如诉的婉丽的沧桑，还是直抵人心深处。只是当年的祖先诗性勃发、璎珞飘卷，自有一种高蹈的情怀。杉洋余氏后裔、宋绍熙元年状元的余复，在开科名列榜首之时曾赋诗感怀："银瓶笔砚照袍新，笔下千军自有神。第一唱名知是我，从来头上不容人。"让人倍加感叹的是，今天的乡人欠缺的就是这样一种张扬的性格，却更多些余复当年赴省试，其父勉励余复之诗句"汝今捧剑趋丹阙，我且安贫守旧庐"的文弱心态，躲进自然的小天地自娱自耕，灵魂中的消极与惰性的意识让他们目光黯淡，在萎缩了曾经旺盛的精力和创造力的同时，也萎缩了脚下的土地。

蓝田凤林祠、联珠祠正厅前一丈见方的石阶上，铺满石条石块，盖住台阶。族人出了状元，才能打开这"状元石"，据说有人提出有族人成为博士，就可以开状元石，但老人不同意，认为破坏了传统，说状元是全国之最，博士不可比。晚清的慈禧就曾发布谕令，说是科举"流弊日深，士子但视为弋取科名之具，剿袭庸滥，于经史大意无所发明，宜讲求实学，挽回旧习"。百年之前昏聩的慈禧都以"讲求实学"而废止科考，那么今天乡人关于状元石开不开的争论，实在耐人寻味。如何让杉洋的文化资源由狭窄变为丰富，由凝滞变为灵动，难道不值得乡人通过梳理和廓清并发扬光大吗？

几缕明艳的阳光，穿透层层的屋宇，将一些恍惚得如同隔世的记忆和思绪，缓缓地却是清晰地铺展到眼前的时候，人们是该在咀嚼祖先荣耀的同时，把祖先追寻精神的"过程"，变成了一段有益的颇堪回味的时光，让思绪重新燃起火焰，实现一种更高层次的精神的穿越。那不仅仅是人对地理空间——距离与高度的位移，更是一种精神的文化的力量，一条实现精神空间拓展的道路啊！

杉洋曾经是我梦中的故乡，它就像一块理想主义的明矾，温文尔雅，于无声处沉淀我赤足远徙中无可避免沾染上的精神杂质。它时常纤毫毕现地浮现在我的眼前，悠久的呼吸曾经让我倍感温馨。

这些都源于杉洋是先贤过化之乡。

尽管朱熹理学过化的时代已经过去，但烧

毁了的朱红色墙体的蓝田书院却依然留存在乡人的记忆里。

村东的蓝田书院废墟上,已被枯萎的蒿草覆盖,那厚重的砖瓦,完全风化了的岁月,凝结了沧桑之色。废墟之外,青绿色的稻禾摇曳在精耕细作的农田里。也许周围还有许多柰树和桃树,将它们雪似的白花与霞似的红花开放在和煦的阳光之中,似有似无的雾企图掩盖它们,却给它们增加了一种蒙眬的意象。不远处,还有一些劳作者,从逆光的角度看去,他们像一个个虚幻的黑影,在天穹下变换着姿态,光线从他们的背后发源,就像他们携带着历史的光源。

废墟的周围,满山的林木在阳光下均匀地呼吸着,柔美而又宁静。

"理学渊源迥出尘,蓝田过化泽犹新。"朱熹,这位千载之上的杉洋人的"导师",曾经以杉洋的山水为底色,为这个古香古色的古镇营造出的深沉的意境,不知激活了这里多少代人飞动的神采。至今,人们说起朱子,总要说起书院左前的观星台,说起朱子手植的雀舌罗汉松……"立身释道平生志,静坐凝神儒学研。自勉修园星可摘,清风明月不须钱。"在杉洋,理学关涉着农耕文化的兴衰,还有乡人的家、乡人的家族,这个家族成员的光荣或坎坷、伟大或卑劣、兴旺或式微,那些久远的惊心动魄的家族历史,那些有声有色、催人泪下的家族传说……理学思想成了乡人一种不可逾越的思想高度,以道义相砥砺,以风骨相正气,曾经卓然独立的精神,使杉洋成了远近闻名的文风昌盛之地。岁月雨骤风狂,书院遗址的老墙已风化斑驳,轻轻一触便酥落如雨。墙脚撒落下的一层淡黄色的土粉昭示着岁月的风尘。斜阳远射,烟渚月色,寒林暮鸦,这些景致会从不同角度启动我们的性灵和情思,那么,当我们瞩目杉洋那些有生命的人文遗迹透露的曾经有过的辉煌时,就应该探寻:什么是蒙昧,文明应该怎样在进退吐纳之中与时俱进,让遥远的氤氲化作现代绚丽的曙光。

"问渠那得清如水,为有源头活水来。"所

幸的是，在杉洋文化的地平线上，那带着蔚蓝色的海风已经化为充沛的雨水，已经多少开始滋润这片干旱的土地。

一切都是瞬息，龙舞溪不息地奔流着，它只是自然而然地呈现着它的状态，曲折的路径流水激溅，浅草明灭，白水流过幽深的峡谷，遇石而绕，触茅而温，柔韧地走过河床。它和它的水声，穿越海升陆沉的思虑，也穿越人间斑斓的历史，只是奔流而去，后面是清清浊浊的亘古记忆，前面是永不止息的时间与希望。

溪流潺潺，它的远方，那蔚蓝色的清朗的梦影正逐渐清晰……

双溪古镇
禾　源

双溪镇在屏南县城东北部，从清初起一直到1949年前都是屏南县治，文物古迹众多，人文积淀深厚。清代县城除城墙外皆保存完好，有宋代建筑灵岩寺、完整的明清古街、古民居等，有第二批国家级非物质文化遗产双溪铁枝，省级非物质文化遗产元宵灯会。

屏南有不少地方的命名爱带个溪字，双溪、黛溪、高溪、汾溪、贵溪、前溪等等。大概先人乐水的文化基因也会遗传，我就非常喜欢这样带溪的名字的村庄，偶有闲暇，就喜欢到古镇双溪看看水流、听听水声。每当徜徉在溪水边，看着呜咽西去的水流，便升腾起一股清爽灵动之感，仿佛清清的双溪水也在心间缓缓流过；顺流是水，逆流是风。扯上几缕风再漫步在古巷里，触摸色彩斑驳的古迹，古韵随风吹发了思古幽情，双溪千余年的文化积淀瞬间挤满心头。

双溪肇基于五代后梁乾化三年，从几户人家，发展到村，又从村子发展成为一个集镇，又由集镇演化成县治，于清雍正十三年正式建县。历史如长河，大浪淘沙，多少老城皆化为黄土尘泥，而双溪古镇则是井越挖越多，街衢巷弄越走越长，铺面商号越经营越多。井丰沛，民安居，市丰盈，商好集。平民百姓安居乐业，官府也就用心于城仪。通福、来安、承柱、拱极——东、西、南、北四大城门拔地而起。有了城门，当年的渔、樵、耕、读，官、商、兵、绅，就能安享天伦之乐。直到墙毁城塌，它们便化作文化印记，至今还沉浮在水井中、烙印在磨石路上、缠绕在老宅的屋檐下，成为古镇不散的文化之魂。

古镇双溪依山傍水，坐北朝南，北倚翠屏山，东有印山，南望文笔峰。这里宋时就出过进士张疆，官封国子监书库官。建制后又出了武进士张渊澜，殿试钦点守备；武举薛文潮，出任台湾守备，被追封为广威将军。就连在这里为官的知县，也得此福荫。清道光四年屏南知县龙光辅，在县衙得贵子龙启瑞，儿子成人后参加殿试中一甲一名状元；光绪二年，知县生二子均中进士。

良禽尚知择木而栖，人更会择水、择陆而居。双溪拓主睿智，晓得敬畏天地。能敬畏天地的人，自然也就能顺应天地大道，居能安身，耕能养家。一旦安居乐业，他们就想得更远——知书、明礼，入孝、出悌，金榜题名，光宗耀祖。兴学重教，成为先人的首选。于是，双溪的灵岩寺、北岩寺蕴藏着丰富的内涵：寺院冠名、供奉家祖、训导子孙。家庙—书斋—寺院，融为一体。灵岩寺于宋太平兴国元年在屏山东麓破土动工，事过六年又在城东蟠龙岗兴建下院。寺名缘于寺院北面巨岩照壁，青苔绘景。这下院就取名"北岩寺"。体会着这两座宋朝太平兴国年间古寺的发展史，仿佛读出了

"知书明礼、伦理纲常、治性治心"古镇教化的课程。这个课程陆家学了,周家也学,宋家也学,薛家、张家也学,古镇人家都学。几座老宅中的对联就是他们学习的答卷:陆氏老宅下堂题有"客去茶香留舌本,夜来诗文藏胸中";富甲一方的张家大门题有"圣恩天广大,文治日精华";大茶商周家题上"宗风承汝水,家学溯濂溪";书香门第宋宅则题曰"化纯堪渡虎,学粹许谈鸡"。一幅幅都达大化之境。

古镇有了教化,厚德载物、有容乃大等传统精粹思想观念就深入人心。不管是生意人、手工艺者,或耕种人家,也不论是天南海北、时代早晚,凡迁居到这里都能生根繁衍。薛、张、宋、彭、陈……百家汇集。人流的汇集,就有大量的资金汇集;人流的汇集,就有三十六行的汇集;人流的汇集,就有三教九流人才的汇集。我喜欢在这当年的商业街、南街和后街徜徉,看着每家每户门前一米见高的木橱柜,在那洁净木色中寻找鲁迅先生作品中的豆腐西施的倩影;喜欢在那天然多彩的磨路石中寻找古镇卖油郎的脚板印。街衢巷子,古镇的脉络。磨路石越光,越显经络通畅。当年的豆腐西施,不仅脱胎成撑雨伞的小丁香,还脱胎为那举着相机的红衣女郎。至于卖油翁,大概与当年的花魁一同私奔,他的子孙也许正在灯下品读着家谱,寻找着自己的根脉。

小巷总把人家引向宗祠、引向大户人家的老宅。陆氏宗祠、薛氏宗祠、张氏宗祠,分布在古镇各方,成一个品字,成为撑起古镇文化品位的支柱。周家老宅、陆家老宅、薛家老宅,一条巷陌相牵;宋家老宅、张家老宅、蒋家老宅又居东城。敲着古巷的墙砖,会听到宋、明、清各代的兴衰回响,叩响满是锈色的门环,会听到一个家族的风云回音。我知道很难走出古巷。那古寺如长老,祠堂如族长,老宅则如个个睿智老人。他们一石一土筑起的老巷,并不是几步能丈量的。在他们面前,我终是一个蹒跚学步的孩童。

屏南与中原大地相比确实小得可怜,但俗话说得好,麻雀虽小,五脏俱全。双溪成了屏南县建制后的县城，就得有县城的模样。城门、城池、圣庙、城隍、塔楼、集市等，应有的都要有。想象中当时双溪隔三岔五地燃响的奠基鸣炮，一定激动了这方水土。凿石砌基，夯土筑城，挑梁架木，一个乡村终于脱胎换骨成了县城。鸣炮、凿石、夯土、斫木等等，这些响声虽然都随风吹到了历史的天空中，然而石、土、木则烙下印记，永远守在古镇中。双溪人至今还常常被大家称为"县里人"。从双溪的南门走到东门，见城墙，看天空，再看徜徉在小巷中的路人。一条长长的古巷仿佛在诉说："基石是城根，人流为血脉，天上白云是老城之魂。"有根、有脉、有魂，这样的城才是真正意义上活着。我在西部见过几个老城池，虽然也有根基、有残墙，但它们没有了人脉，我便说它是故去的城池。

生活在这有血、有肉、有灵魂的古镇中，人也就活得更有情趣了：饮者会坐在酒楼，细品着秋色锅边、一盘雪、焖炖猪蹄……啜着酒谈天说地。文人墨客坐在迎恩桥或劝农桥上，即兴吟诗作画,如画家陆品圭便曾泼墨画下"三台拥翠""印山积雪""钟岭残霞""南桥春霁""北寺秋声"等双溪八景。

双溪古镇以千年的历史表述古老,以多元的文化展示多彩、兼容的信仰体现纯朴民风。双溪,双溪,潺潺流水,是血脉,是乳汁。脉接亘古风,汁养人风流。古镇如翠屏之山,常绿常青。

宫巷沈记

南 帆

沈葆桢是在一个车水马龙的下午突然从历史著作之中走出来的,因为一则小小的轶闻。

我是在福州的南后街听到了这一则轶闻。南后街是一条狭窄的老街,绿荫夹道,路面潮湿,卖麦芽糖的吆喝、耍猴的锣声和卤鸭、炒板栗的味道混在一起沿街乱窜。清朝的时候,这是一个繁闹的地带。街边各种风味十足的店铺至今犹存:修藤椅的,补铁锅的,售寿衣的,做花灯的,收购旧书的,裱褙字画的——一个作家告诉我,沈葆桢当年曾经在南后街旁边的宫巷开了一间裱褙字画的小店面,叫作"一笑来"。这个作家甚至记得沈葆桢当年自定的润格,例如写对联兼装潢,价格四百枚;写团扇、折扇小楷，每柄四百枚；行书两百枚；如此等等。"一笑来"是沈葆桢丁忧期间开的，店面即是宫巷11号沈家大院的西花厅。屈指算来，当时的沈葆桢正在江西巡抚任上。一时之间，我大为惊奇：堂堂巡抚有什么必要仿效潦倒的穷酸文人，依靠卖字挣几文小钱补贴家用？

记不清什么时候开始听到沈葆桢名字，他是福州乡亲一直津津乐道的大人物。大清王朝的历史上，福州出过两个名噪一时的大臣：林则徐，沈葆桢；林则徐是沈葆桢的舅舅，沈葆桢是林则徐的乘龙快婿。这种姻亲关系没有多少明显的政治效应，而是给村夫野老提供了种种真伪莫辨的有趣传说。大人物与芸芸众生的差别在于，历史著作成了他们的花名册。往事如烟，一百多年前各种惊心动魄的故事如今只剩下轻飘飘的几张纸，可是，这几张纸上查得到沈葆桢。根据《清史稿》记载，当年曾国藩十分器重沈葆桢，曾经"屡荐其才"，朝廷委任沈葆桢担任江西巡抚时的诏书谓之"德望冠时，才堪应变"。当然，官衔显赫，君王的嘉许，这仅仅是一些表面文章，历史学家更乐于逐一历数沈葆桢的诸多功绩。福州乡亲常常温习的篇目是，沈葆桢从左宗棠手里接过福州船政局，赴任船政大臣——造船，招聘外籍技术人员，选拔魏瀚、刘步蟾等一批才俊出洋留学；然后以钦差大臣的身份赴台湾，坚守城池，开山抚番，终于迫使虎视眈眈的日本人最终"遵约撤兵"。如此伟业，周围还能点得出几个人？

然而，我对于沈葆桢官居几品以及各种吓人的头衔提不起兴趣。大清王朝的王侯将相多如过江之鲫，诸多烦琐的官衔淹没了他们庸常的一生。这种大人物通常就是待在历史著作里。历史学家拥有一套臧否人物的标准语言，例如民族大义、江山社稷、千秋功罪，如此等等。这些叙述多半剔去了历史人物的血肉：他们脸上的疣子和老人斑不见了，他们的哮喘、方言腔调和马褂上的污迹不见了，他们的饮食口味或者性行为的特殊嗜好也不见了。

载入史册的大人物根据一定的配方制成供人瞻仰的偶像，然后按顺序摆进一个个神龛。

如果企图进一步与这些伟大的亡灵促膝晤谈，一起畅怀高吟或者一起长吁短叹，那么，我们的目光必须从堂皇的历史鉴定转向琐碎的日常生活，必须想象他们内心的犹豫、苦恼、矛盾，甚至如何愤愤不平地骂娘。这时可能发现，有些小事情的深长意味并不亚于朝廷的加官晋爵或者疆场上斩关夺隘，例如沈家大院。檐角高耸马头墙，宽敞的大门，雕花窗棂，幽深的四进院落和小天井，石铺的过道与两侧的回廊和美人靠——当年，江西巡抚沈葆桢为什么要举债购下这一幢大宅院？

青史留名是众多大人物的向往。人生如同白驹过隙。百年之后亡灵的牌位摆不进历史著作，如何在天地之间证明自己活过这么一遭？相反，没有多少人关心，那些伟大的亡灵会在哪些时刻突如其来地复活，踱出历史著作返回烟火人间。一批秘密情书的问世？一段窘迫的童年曝光？一份记录阴谋的档案解密？几张特殊的相片外泄？总之，种种意外的发现常常扰乱了历史学家的标准语言，从而将这些亡灵一把拽出发黄的书页。

沈葆桢就是因为这一则轶闻。

沈家祖籍河南,南宋迁至浙江,清朝雍正年间再度迁至福建的福州。沈葆桢幼时聪慧,十六岁考取秀才,二十岁与老师同榜考中举人,不料随后两度赴京赶考皆落第,二十七岁那一年终于考取进士,与李鸿章同榜,殿试之后入选翰林院任庶吉士,这大约就是仕途的开始了。

学而优则仕,这是当年无数书生的梦想。仕途就是手执权柄。无论是号令天下、威震四方还是挥金如土、杀人如麻,权力的形式千奇百怪。但是,所有的权力共同隐含了巨大快感——主宰他人。强壮的体魄和胳膊上的发达肌肉仅仅是匹夫之勇,一副拳脚又能打开多大的空间?权力是个人能量的正当放大,一个响亮的头衔就可以弹压一大片异己之见。韩信夸口带兵"多多益善",他的本事无非是利用权力调度许多人的能量。弄权的快感常常令人迷醉,以至于多少人轻易地把一生作为赌注押了上去。

秦始皇南巡,威仪堂堂。刘邦感叹"大丈

夫当如是"，项羽径直说"彼可取而代之"。狡诈也罢，率真也罢，那么多大人物总是因为权力而骚动不宁、夜不能寐。诸多权力种类之中，国家名义颁发的权力体系架构严密、势力强大，而且具有无可争议的合法性。科举考试开启了书生加入国家权力体系的栈道，修成正果的标志是满腹经纶兑换到了顶戴花翎。这就是踌躇满志的时刻了。沈葆桢三十六岁出任江西九江知府。听到了第一声谦恭的"沈大人"，沈葆桢的心里有几分的得意？

然而，有些奇怪的是，沈葆桢似乎不太爱惜手中的权柄。孔子说，四十而不惑。可是，四十岁的沈葆桢竟然不知天高地厚。不知是公事的分歧还是私人怨恨，他毫不客气地顶撞了上司，即当时的江西巡抚耆龄。据说此公阴毒刻薄，而且出身满洲正黄旗。这次冲突一个月之后见了分晓：沈葆桢挂冠而去，理由是母亲年迈，必须侍奉左右，数千人的挽留也没有挡住他返回故里的匆匆步履。这或许可以解释为某种文化性格的回光返照：不为五斗米折腰。

到了朝廷再度调任他为"吉南赣宁道"时，沈葆桢仍然我行我素，"以亲老辞，未出"。这并非待价而沽，沈葆桢的确想过另一种生活了。田园将芜胡不归？我开始猜想，沈葆桢的内心是不是发生了什么变化。三十岁之前跟随大流博取功名，四十岁之后就必须为自己生活负责了。如果这个年龄的男人仍然浑浑噩噩，大约就得浑浑噩噩一辈子。沈葆桢的后退姿态肯定惊动了皇帝，朝廷干脆任命沈葆桢当江西巡抚。褒扬沈葆桢德才的同时，任命书上还有几句情辞恳切的商量："以其家有老亲，择江西近省授以疆寄，便其迎养。""如此体恤，如此委任，谅不再以养亲渎请。"这些抚慰终于使沈葆桢回心转意。"葆桢奉诏，感泣赴官。"

这些故事当然可以解读出沈葆桢刚直磊落的性格。然而，这些故事是不是还可以解读出沈葆桢的柔情？福州男人沈葆桢似乎是一个相当恋家的人。他开始从权力的迷魂阵之中突围而出，归返故里是沈葆桢四十岁之后的一个不懈的突围方向。这没有什么可耻。顶天立地或者文韬武略并不影响一个人恋家。古人常说修身齐家治国平天下，治家与治国仿佛如出一辙。可是，沈葆桢肯定感到了两者的不同。国是皇帝老儿的，家是个人的空间。如果皇帝老儿颁布的国策与自己的理想格格不入，不如归隐家园，共享天伦。要么为天下苍生尽力，要么转身回家尽孝，没有必要因为放不下手中的那一些可怜的权力首鼠两端。家是什么？家是双亲的白发，是娇妻稚子，是一个允许蓬头垢面或者睡懒觉、发脾气的处所；人生在世不称意，回首茫茫家何处——那就是双重的悲哀了。沈葆桢肯定明白，不论漂泊何处，身后必须有一个坚固的家。江西巡抚的职位并没有让他得意忘形。购买宫巷 11 号沈家大院，无疑是提早为自己的归隐找好一个栖身之所。

家是双亲的白发，是娇妻稚子——沈葆桢的母亲是林则徐的妹妹，他的妻子林普晴是林则徐的女儿。官宦名门如何择婿历来是人们茶余饭后的谈资。据说林则徐出身贫寒，但是一位郑姓知县慧眼识人，毅然把女儿许配给他。

当时林则徐不过十来岁，前往鳌峰书院的途中遇到雷雨。他在郑家大门口的屋檐之下躲雨，信手取出老师的文章朗声诵读。郑姓知县闻声出门，谈文论道，一眼认定林则徐少年老成前途无量。次日郑家立即托人议亲，林母因为门第卑微而婉拒。郑家再度请人撮合，他们的诚心终于打动了林母。坊间一种说法认为，林则徐的择婿异曲同工。沈葆桢当年是林则徐府中的随从。某一个寒冷的大年三十，林则徐要求沈葆桢誊写一份奏折。沈葆桢不断地哈手取暖，终于工工整整地誊好。林则徐突然说，奏折之中的一句必须改过。沈葆桢二话不说，重新誊写。林则徐暗自颔首，当即挽留沈葆桢过年，并且在大年初一当众宣布沈葆桢将娶走二女儿林普晴。

这种戏剧化的情节估计出自某一个民间文人的虚构。沈葆桢与林普晴是表兄妹，青梅竹马，两小无猜。沈葆桢十三岁定亲。当然，他们的婚事最终的确由林则徐定夺。沈家的清贫可能远甚于当年的林家，但是，林则徐相中了沈葆桢的出众品行。林普晴嫁入清贫的沈家，相夫教子，侍奉公婆，针线女红，勤勉度日。为了凑齐沈葆桢赴京赶考的盘缠，林普晴典当了金镯子，从此改戴一副藤镯。没有她的悉心照料，恐怕也没有沈葆桢日后的发迹。林普晴五十二岁辞世，沈葆桢的挽联悲怆唏嘘："念此生何以酬君，幸死而有知，奉泉下翁姑，依然称意；论全福自应先我，顾事犹未了，看床前儿女，怎不伤心。"

一些历史著作将林普晴列入奇女子，肯定是因为她性格之中的侠气。将门虎女，这种侠气很难从小家碧玉身上发现。沈葆桢任江西广信知府的时候，林普晴曾经伴随左右。一日，沈葆桢出城筹粮，太平天国大军突然袭来。城内的兵卒和衙吏纷纷出逃，林普晴率领残部冒死守城。她刺破手指写了一份血书送给玉山守将饶廷选，既委婉陈辞，又朗声疾呼。饶廷选为之动容，毅然率部飞驰解围。这即是"血书求援，广信解围"的故事。下得了厨房，上得了城墙，通常的女流之辈显然望尘莫及。我猜想，林普晴端庄贤惠和非凡的气度恐怕是沈葆桢恋家的一个重要原因。如果宫巷11号的女主人面目可憎、性情乖戾,沈葆桢怎么会把回家作为后半辈子如此重要的人生主题?

我同时猜想,沈葆桢恋家的原因肯定不止一个。窗明几净,笔墨纸砚,吟诗品花,倚栏观鱼,"雪天裘被偕朋辈,平地楼台望子孙",沈家大院寄寓了多少生活情趣?当然,这些猜想很可能遭到鄙夷。铁血男儿,志在四方,雄才大略必须抛开家室的负累,儿女情长哪能有俯视天下的怀抱?所以,古人总是乐于流传种种励志的典故,例如林则徐为沈葆桢改诗。估计是一个如水的秋夜,新月如钩,沈葆桢独酌于庭院。酒酣耳热,傲气顿生:"一钩足以明天下,何必清辉满十分。"沈葆桢吟诵再三,顾盼自得,择日将诗句呈送林则徐。林则徐沉吟半晌,提笔将"何必"改为"何况"——"一钩足以明天下,何况清辉满十分。"沈葆桢顿时汗颜。显然,这个故事肯定的是大人物的襟怀志向。天将降大任于斯人,苦其心志,劳其筋骨,而且必须摒弃一己，以天下为己任。"苟利国家生死以，岂因祸福避趋之。"这是林则徐林文忠公的名句。这种观点当然无可非议。可是，天下之大，人各有志，兼济天下是一种志趣，独善其身何尝不是另一种志趣？

达则兼济天下，穷则独善其身。许多文人对于这句话耳熟能详。这犹如两种互相补充的生活理想。他们潇洒地往返于庙堂与山林之间，气宇轩昂，进退自如。沧浪之水清兮，可以濯吾缨，沧浪之水浊兮，可以濯吾足。世事无非如此：此处不留爷，自有留爷处。

当然，这仅仅是一厢情愿的想象。中国历史上的大部分文人对于庙堂充满了敬畏。权力崇拜的普遍气氛之中，"独善其身"多少像是一种无奈的下策。因此，无论是隐居于江湖，还是招摇于闹市——无论是柴门草堂，野渡扁舟，还是青楼笙歌，游宴酬酢，这些文人仍然时刻支起耳朵，凝神谛听朝廷的动静。只要君王一声召唤，他们就会抛下手边的一切，飞奔而去。如果朝廷大门紧闭的时间过长，这些不甘寂寞的人就会情不自禁地搔首弄姿，制造些许响声，或者讨一两封名流的引荐信投石问路。当然，这些游戏肯定有些冒险，不小心就会弄巧成拙。当年孟浩然应邀至王维的寓所清谈，碰巧唐玄宗来访。唐玄宗听说过孟浩然的名声，慈祥地下旨召见。孟浩然乐不可支地从藏身的床铺下爬了出来，顾不上拍打身上的灰尘就兴冲冲地吟咏自己的诗作《岁暮归南山》。不幸的是，一个小小的事故发生了。唐玄宗听到了"不才明主弃，多病故人疏"的句子之后恼火地说："卿不求仕，朕未尝弃卿，奈何诬我？"不言而喻，孟浩然的一切机会从此断送。

当然，那么长的历史上不乏几个狂狷之徒。嵇康拒绝出仕而宁可待在茅屋前的柳树下叮叮当当地打铁，奏《广陵散》；陶渊明挂印弃官而去，情愿日复一日悠然地与青山相对而望；李白多喝了些就放肆地发酒疯，"安能摧眉折腰事权贵"，甚至胆大妄为到了吆喝高力士脱靴子——这些目空一切的家伙的确不太把权力放在眼里。然而，他们毕竟没有几个。绝大多数自视甚高的文人雅士面对权力的时候总是毕恭毕敬，诺诺连声。即使郑板桥或者金圣叹这种貌似耿介的家伙也时常卸下面具，动不动就感激涕零地向北叩首而拜。为什么权力场的吸附力如此之大，以至于这些文人无法自持？必须承认，名利或者虚荣不是答案的全部。至少在当时，"忠"是权力崇拜的另一种表述。朝廷、天子至高无上，"忠君"也就是将自己的全部才能奉献给这些权力的象征。朝廷之外不存在清谈国事的沙龙，多嘴多舌很可能惹出杀身灭族之祸。报纸、杂志所形成的公共空间是很久以后的事情了。康有为、梁启超这一代知识分子诞生之前，众多文人只能把一腔的报国激情写成奏折，恭呈圣上。如果这些文字无法叩开朝廷的大门，长吁短叹的内容只能是怀才不遇了。诗书礼易，地理天文，从小积累的学问烂在肚子里，岂不是空活了一辈子？所以，他们只能崇拜权力——只能把自己的生命托付于君王的青睐。

如此看来，沈葆桢多少得算一个异类了。

他显然没有李杜的文采，书法亦无法与二王或者颜柳并肩。另一方面，他官运亨通，最终官拜两江总督——然而，沈葆桢屡萌退意。仕途一帆风顺，无数的同僚垂涎三尺、啧啧有声，没有人相信他竟然被一袭官袍箍得喘不过气来。沈葆桢推辞过左宗棠的邀请，然后向朝廷"数以病乞退"。为什么他宁可从显赫的位置上退回宫巷11号的"一笑来"，退回诗文字画的笔墨生涯？或许，在他的心目中，玩弄权术的兴味远不如玩弄辞藻？

《清史稿·沈葆桢传》之中，沈葆桢似乎是一个冷面铁腕的形象。从考取进士到封疆大吏，沈葆桢的人生可以分为如下几个段落：在江西各地任行政官员，多次围剿太平军，大获全胜；返回福州担任船政大臣，创办船政学堂和自己造船；率领舰队赴台湾巡视，迫使日本撤兵继而开发台湾；担任两江总督，整肃吏治，惩盗贼，诛洋人，社会风气为之一变。总之，沈葆桢干练、精明、果决，擅长快刀斩乱麻，雷厉风行。无论从哪一方面看，沈葆桢都称得上功勋卓著。他去世之后，朝廷追赠太子太保衔，入祀贤良祠，谥文肃。

然而，我觉得没那么简单。现在，揣测沈葆桢的性格开始成了我的一个巨大乐趣，我在有限的史料里查找种种异常的蛛丝马迹。例如，《清史稿·沈葆桢传》的字里行间，沈葆桢的高大形象背后似乎拖了一条奇怪的影子。虽然沈葆桢仕途坦荡，可是他动不动就要转身离去，"寻乞归养""以亲病请假省视"。即使两江总督这么一个肥缺，他也要推三阻四地拖拉了五个月才到任。我估计历史上恐怕找不出多少像他这么热衷于辞别官场的官员。仅仅四十五岁那一年，他先后三度辞官归养；四年的两江总督曾经六上辞疏。这时的沈葆桢有些像一个弱不禁风的书生，喋喋不休地乞求放他回家。这是隐藏在功勋卓著背后一个闪烁不定的谜。难道那么多威风的头衔和大权在握的骄傲还是打消不了沈葆桢对于宫巷11号的思念吗？

当然，这个谜丝毫没有减轻沈葆桢在我心目中的分量。没有理由狭隘地想象英雄哲学，仿佛他们只能诞生于金戈铁马、慷慨悲歌之间。英雄性格的另一种表现是，敢于坦坦荡荡地独行，不在乎落寞、孤单，也不在乎四周的嘘声以及掷到额上的种种奚落和嘲讽。如此之多的饱学之士飞蛾扑火般向朝廷蜂拥而去，沈葆桢却只身走出权力体系的后门，悄然而去。这肯定是一个特立独行的人。如果只有他敢于用如此执拗的形式向朝廷表示自己的软弱，我们是不是必须把这种软弱视为强硬的英雄气概？

雕花木门，四进院落，厅堂和庭院，沈葆桢的宫巷11号内部并没有多少荣华富贵。沈家大院的正厅高悬一副黑金隶书抱柱联："文章华国，诗礼传家"。酒后挥毫泼墨，围炉吟咏诗文，大约这就是沈葆桢的莫大享受了。据说沈葆桢十分热衷于聚集船政局的下属和亲友进行联句游戏，甚至赴台湾巡视的前夕还在广聚诗友、大开吟局。这种游戏有一个特殊的雅号："诗钟"。游戏通常是择出两个平仄不同的"眼字"，众人在限定的时间写出联句，这些"眼字"必须按照指定的顺序嵌入句子。游戏的计时器并非钟表。院子里设一木架,上悬一根细线,细线的底端挂一枚铜钱,铜钱的下方置一铜盘。细线的中央缚一炷点燃的线香。线香烧断细线,铜钱当地一声落入铜盘——时限已到,这是诗的钟声。某一次游戏以"白"和"南"为"眼字",定为第七唱。沈葆桢当时苦思不得,以至于整夜辗转不寐。挨到五更时分雄鸡报晓,沈葆桢豁然顿悟:"一声天为晨鸡白,万里秋随别雁南。"一个重权在握的船政大臣竟夜沉溺于字雕句琢,那的确是真心的喜爱了。

李鸿章曾经批评"中国士夫沉浸于章句小楷之积习",愚蠢地将船坚炮利视为种种"奇技淫巧"。他是洋务运动的首领之一,主张大胆"学习外国利器"。沈葆桢显然是李鸿章的同道。他肯定感受到了历史的巨大震颤。铁路、电报、信局;蒸汽机装配出另一个世界,洋枪洋炮正在重绘世界地图。如此多事之秋,吟风弄月的平平仄仄还有多少分量?如果用满腹的才华侍弄这等雕虫小技,简直是投错了胎。孔子说诗可以兴观群怨,"迩之事父,远之事君"。可是,守住国门和家门的肯定是舰队和炮台。建造兵舰，筹集海防经费，选派资质优秀的年轻人远赴欧洲"究其造船之方"，沈葆桢对于天下大势了然于胸。诗文、书法仅仅是一己之好，沈葆桢决不会自以为是地夸耀为济世匡时之策。他自己为之开出的价格无非两百枚或者四百枚而已。

奇怪的是，沈葆桢情愿因为两百枚或者四百枚而放弃多少人梦寐以求的顶戴花翎。躲进小楼成一统，管他冬夏与春秋。只要朝廷允许，沈葆桢的绿呢大轿就会一次又一次风尘仆仆地返回宫巷11号，如同谢绝尘嚣返回内心。朝廷门外集聚了那么多如饥似渴的候选者，然而，这个重权在握的幸运儿为什么不愿意充当一颗坚固的螺丝钉，紧紧地拧在庞大的权力机器内部？

现今最为常见的沈葆桢肖像是一张1874年的相片，据说由法国人贝托摄于台湾。相片上的沈葆桢官服翎帽，神情冷峻地目视前方。见过这张相片的人多半会觉得，这不是一个随和而温顺的性格。很难想象相片上的沈葆桢会咧嘴一笑。或许，沈葆桢的书法可以视为一个佐证。意在笔先，书为心声。有人用"骨气雄劲"形容沈葆桢的行草，我觉得不算过誉。然而，我感兴趣的是，沈葆桢的笔迹之间可以察觉某些特殊的格调：有些倔，有些拗，有些涩，总之不像是飞流直下、快马入阵那么痛快酣畅。笔迹的精神分析学可能提供各种有趣的结论，我相信沈葆桢的性格报告肯定不是那么简单。

倔、拗、涩，这必然表现于沈葆桢的待人接物。沈葆桢与李鸿章曾经共同师从孙渠田。尽管李鸿章是一个不驯的角色，招惹了一大堆政敌，但是，他执弟子礼甚恭，从来不忘赔笑和打躬作揖；相反，沈葆桢经常冷着一张脸，言辞不逊。既然老先生的学识不足以服人，何必虚伪地维护那些繁文缛节？沈葆桢甚至放肆地在老先生的批语之后另加长批予以反驳，以至于气得孙渠田辞馆而归。所以，日后江南的坊间有"李文忠有礼，沈文肃无情"之说。

这种性格似乎不太像福州人。福州是一块

不大的盆地，四面都望得见起伏的钢蓝色山脉。一条波光粼粼的大江穿城而过，城区四十多条内河蜿蜒交错。这里空气湿润，微风习习，暖烘烘的阳光之下，繁茂的树木四季不枯。夕阳西下，开元寺的晚钟响起的时候，温一壶老酒，调一碟螃蜞酱，煎一盘咸带鱼，两碗冒尖的地瓜干饭，这就是惬意的小日子了。福州人的宴席之上汤汤水水甚多，传说多喝汤的人讲究情义。大致上这里的居民通情达理，性格温和，似乎有些智者乐水的意味。沈葆桢幼时胆怯柔弱，夜色之中倏忽的飞鸟或者瓦顶上野猫的嚎叫常常把他吓得尖声惊呼，甚至大病一场。一个十六岁的秀才、二十岁的举人如何扶摇直上，成为朝廷如此器重的封疆大吏，这是历史学家的话题。我感兴趣的是，这个胆怯柔弱的少年如何成为一个令人生畏的角色，甚至连曾国藩、左宗棠这些大人物也不得不忌惮几分？

曾国藩、左宗棠皆为湖南籍人士。湖南人刚烈霸道、勇悍固执享有盛名。沈葆桢竟然先后与两人争执，寸步不让。这不仅由于耿直，而且明目张胆地冷傲——曾国藩与左宗棠都曾有恩于沈葆桢。沈葆桢曾经居于曾国藩帐下。由于曾国藩的再三力荐,他终于脱颖而出。可是,日后曾国藩率部江宁酣战之际,沈葆桢扣下了江西的饷银,拒绝拨给曾国藩部下。他自恃一身清白,根本不在乎曾国藩上书朝廷告状。得罪就得罪了,大英雄没有必要动辄就回望来路,谁是先师、谁是伯乐罗列一大串烦琐的谢恩名单。对于沈葆桢而言,故人的恩情又有多少斤两?左宗棠曾经三顾宫巷11号,认定沈葆桢是船政大臣的不二人选。高山流水,乱世知己,"人生得一知己足矣"——甚至连鲁迅这种尖利的性格也有心肠一热的时候。然而,沈葆桢似乎不太念叨这种人情世故。左宗棠转战西北边塞,很快因为清朝的军事战略布局与李鸿章的产生了重大分歧。左宗棠驰书沈葆桢,期望有南北呼应之势;不料沈葆桢竟然转身与李鸿章沆瀣一气。这一段历史公案孰是孰非如今已经不重要,重要的是左宗棠三邀沈葆桢立即令人想到了刘皇叔"三顾茅庐"请诸葛亮。诸葛亮长期隐居山野,无心染指政事。然而,一旦诸葛亮答应出山辅佐刘备,那么,一诺千金,呕心沥血,"鞠躬尽瘁,死而后已",即使扶不起的阿斗也要扶。相形之下,沈葆桢似乎缺少这种侠义性格,才高八斗或者学富五车也不足以令人景仰。的确,这种比较让福州乡亲的脸上有些发烧。

然而,现在我觉得,可能是我们想错了。沈葆桢的心目中,种种权力场上的交易谈不上多么珍贵。无论是所谓的人脉关系还是时髦的"团队精神",权力体系的特征即是编织出复杂网络。权力是一种能量的集聚,因而必须是诸多部门的彼此合作,前后呼应——孙子兵法曰:"击首则尾应,击尾则首应,击其身则首尾相应。"权力场上的单枪匹马是走不远的。大权在手无非是占据了这个网络的核心位置罢了。然而,对于一个时刻企图挣脱权力重轭的人来说,维持权力网络的稳定和平衡显然是一种累人的负担。沈葆桢决不肯谦卑地低下头来,因为飞短流长或者左右掣肘而向别人作揖。许多人觉得沈葆桢为人峻急、独断专行，常常冒犯同僚，我宁可认为沈葆桢已经没有兴趣揣摩权力场上的形势，得失无不坦然。数十年的官场风云，谁都明白有理有节的分寸在哪里。手下养了一批刀笔吏，公文奏折之中哪儿慷慨激昂，哪儿旁敲侧击，这等文字工夫早就历练到家。然而，沈葆桢常常无所顾忌地直陈己见，不在乎各种俗世的恩怨羁绊。出于公心，纵是谬见亦坦荡磊落。这是一个显而易见的例子：尽管李鸿章的好话声犹在耳，沈葆桢已经与乃兄李瀚章争执起来了——因为淮盐的销售。

"无欲则刚。"这个句子出自林则徐的一幅著名的对联。我觉得，如果用这个句子形容沈葆桢，庶几近之。

当年的船政局设立于福州的马尾。一条大江千回百转奔涌而至，俯伏于船政局的脚下注入万顷东海。天阔水远，心事浩茫，沈葆桢曾经在船政局的仪门上题写了一联：

以一篑为始基，从古天下无难事；

致九译之新法，于今中国有圣人。

显然,这副对联的作者心很大,以至于福州这个小小的盆地根本盛不下。沈葆桢破门而出,纵横山南水北,最终留芳于史册。入驻船政局担任船政大臣的时候,沈葆桢已是壮年。海天苍苍,两鬓如霜,他一定有过如此的感叹——天下能有几个人像他那样如愿以偿?

六十岁的时候,沈葆桢病殁于两江总督的任上。这没什么可说的。人生自古谁无死?手握重权亦无济于事。即使手里的权力撬得动历史,他们也无法给自己多安排一天。无数的宏图伟业,终究无非一抔黄土。可是,沈葆桢还是心存遗憾:他还是来不及返回福州,返回宫巷11号沈家大院。戎马倥偬,一个又一个头衔从天而降,沈葆桢的一辈子过得紧凑而高昂。可是,称心如意的日子在哪里?春花秋月,颐养天年,含饴弄孙,寿终正寝——哪怕卸任之后有几天也好。

许多出将入相的大人物常常不堪卸任之后的尴尬日子。两股战战,丫鬟搀扶到园子里散步;招呼三妻四妾推几圈麻将,或者叫一台戏班子到家里吹拉弹唱,这些都排遣不了寂寥和失意。权力场上的一声咳嗽都能传颂百里,现在的雷霆之怒只能吓得住几个家仆。偶尔也有几个昔日的门生在厅堂里慷慨激昂、长吁短叹,以至于忍不住又开始连咳带喘地指点江山。但是,这种聚会后患无穷。如果哪一个好事之徒奏上一本,很可能祸起萧墙,顷刻陷于灭顶之灾。总之,甩出了权力场犹如一只游荡于蛛网之外的光秃秃的老蜘蛛,只有回忆才是唯一的安慰。

可是,身在两江总督任上的沈葆桢却时刻南望宫巷11号,祈盼尽早脱身。诗书蒙尘,笔枯砚凝,窗下秋菊无人赏,何况一对新燕绕梁飞——胡不归?三十功名尘与土,八千里路云和月,白了少年头,多病之躯已经再三发出警告——胡不归?沈葆桢入朝觐见慈禧太后,祈求告老还乡。然而,慈禧不准。"皇太后温谕勉以共济时艰,毋萌退志。"人在朝廷,身不由己。手里的权柄甩不开,抛不得。于是,沈葆桢"自此遂不言病"。

衰朽残年，来日无多。沈葆桢有没有后悔的一刻？身心俱疲。当一个逍遥文人，放浪形骸，这个愿望此生只能是南柯一梦了。江宁阴风袭人，哮喘，腰痛，刚刚入秋沈葆桢就披上了裘衣。这个时刻，手执权柄的生活会不会突然丧失了切肤的真实感？空洞的头衔，奏折上的公文，幕僚们闪烁的眼神，这就是日复一日不变的日程。各种军机大事，无非是纸面上的几行套话和官防印章。相反，只有病痛蛇一般地愈缠愈紧。病痛最能消磨一个人的志气。权倾天下，威风八面，这有什么用？一场高烧或者数日的疟疾就可以噬穿那一副貌似强大的躯体。日暮时分，愁绪如织，沈葆桢是不是在一阵止不住的咳嗽之中突然看破了世情？也许，一切都没有发生——沈葆桢甚至没有精力总结自己的一生了。"共济时艰"是一个重托，沈葆桢必须投入全部的剩余精力。弥留之际，他的遗疏仍然在兢兢业业地谈论如何抵御倭人，如何购买铁甲船。殷殷老臣，拳拳之心，这就是沈葆桢与嵇康们的不同了。

殷殷老臣，拳拳之心，这是尽职，还是尽忠？沈葆桢写给慈禧太后的遗疏之中浩然一叹："志事未竟，中道溘然。"然而，令人奇怪的是，沈葆桢留给家人的遗嘱并不愿意子孙继承未竟之业："我除住屋外无一亩一椽遗产，汝等须各自谋生。究竟笔墨是稳善生涯，勿嫌其淡。"沈氏后人之中，能文善书者远多于朝廷命官，精通书法的名家尤多。历来只有文人嫌弃自己寒酸，罕见达官贵人阻止自己的子嗣从政。我终于忍不住这种猜测：至少在内心，两江总督沈葆桢是否对于他始终供职的朝廷并不那么信任？

当然，另一些时候，我的怀疑又会转向自己——我会不会正在虚构另一个沈葆桢，或者自以为是地强作解人？一个细雨霏霏的日子，我又一次踏入宫巷11号沈家大院。雕梁画栋犹在，然而朱颜斑驳、物是人非。雨水从瓦檐边沿一滴一滴悠然地落到天井，仿佛这么多年从未间断。哪一根柱子或者哪一扇窗户聚敛了沈葆桢的气息？一声长叹绕梁，老屋不语。当年沈葆桢的灵柩回籍之后，葬于福州城西梅亭村火烽山南麓。坟墓呈如意形，一面花岗岩墓碑。许多故事严严实实地埋在墓碑的背后，永久地销声匿迹。我猜想，历史著作也不会提供多少令人信服的答案。病痛的折磨，抑郁难平的豪气，归乡的春梦，妙手偶得佳句的狂喜，援笔疾书的气韵——这一切都不会记入历史。然而，我所要说的恰恰是历史之外的沈葆桢。

四十六岁那一年，沈葆桢因为母亲去世而匆匆从江西任上回籍丁忧。这仿佛是他生活之中一个奇怪的间隙，容许我随心所欲地增添各种情节和场面。不过，每一次虚构或者想象总是这么开始——只能这么开始：夕阳西下，福州南后街绿荫之间叽叽喳喳的归鸟聒噪成一片。这时沈葆桢缓步踱入宫巷那一间狭窄而杂乱的"一笑来"。长长的书案上已经铺好宣纸。他挽起袖子，研墨，提笔凝神。片刻之后一笔落下，宣纸上墨迹四溅，整条宫巷有淡淡的墨香弥散。

寻找三坊七巷文化

陈元邦

走进三坊七巷,导游津津乐道地与我谈起三坊七巷的文化。行走其间,身心也确有一种被这种文化浸润的感觉。这种感觉随心所在、随影所在。从三坊七巷回来之后,心在琢磨:什么是三坊七巷文化?那些可以用脚丈量的一条条坊巷、用手触摸的一座座院、用心感悟的一件件器物之外,肯定还有什么承载着三坊七巷文化,但那肯定又不是三坊七巷的全部,也不是三坊七巷的内核所在。还有,它与闽都文化、上下杭文化、陈靖姑文化等文化之间又有什么联系和差异?

我的理解是:其具有大众的文化属性,又有其独特的一面。三坊七巷文化是凝结在三坊七巷房屋之中又游离于这些房屋之外，能够被传承的风土人情、建筑和本身独有的传统习俗。三坊七巷文化根植于坊巷。这种文化，是中国文化百花丛中的一片绿叶，中国文化是它的根、它的脉。同时，它又是闽都文化的重要组成部分，闽都文化因三坊七巷文化而厚重、而生辉。三坊七巷文化在孕育过程中不断汲取中国文化、闽都文化甚至于海外文化以丰富自己的文化。

如果说上下杭文化体现出商文化的特质、陈靖姑文化体现出民俗文化的特质，那么三坊七巷文化作为一种地域文化，它的文化物质是什么，又是如何形成的？居民特点是形成三坊七巷文化特质的原因之一。按照今天的话说，三坊七巷是一个社区，甚至可以说在那个年代属于官宦人家居住的社区和富人居住的社区。三坊七巷在晋代产生雏形，此后，许多人在事业有成之后在此购置房产迁徙而来，其中又以受过良好教育的官宦人家居多，如林则徐、陈衍、甘国宝、严复、林觉民、冰心等人。文化人的聚集，为三坊七巷文化植入了儒学之根基，官宦人家使得三坊七巷的文化中具有了官宦文化的特点，表现出家国情怀、心系国家、为国效力。林则徐在《致夫人书》中写道："夫余生逢盛世，明知禁烟妨碍英夷大利，必有困难，而毅然决然，不敢稍存畏葸之心者，盖以身许国，但求福国利民，与民除害，自身死且尚付诸度外，毁誉更不计及也。"林纾在《示儿书》中说："汝能心心爱国，心心爱民，即属行孝于我。"严复在《与甥女何纫兰书信》中说："虽千辛万苦，总须于社会著实有益，可与后人来取法。"……这些家训，无不浸透着三巷七巷人的家国情怀。

三坊七巷的教育是决定三坊七巷文化特质的原因之二。只有教育昌盛，只有充满书卷气，才能说是崇儒尚学。若问古时福州哪里最具书卷气，三坊七巷也。三坊七巷是古代福州文化教育的发祥地之一。宋初，福州出现"海滨四先生"，其中三人都出自三坊七巷。自宋庆历间在官贤坊创设侯官县学以来，之后陆续有拙斋书院、道南书院、竹田书院、正音书院、道山书院和正谊书院。谈到三坊七巷的书院文化，不能不提鳌峰书院。鳌峰书院以弘扬程朱理学为宗旨，以教、学、研、编为经，以出当世名士为纬，定期从全省择优录取秀才，聘各方名士讲学，很受朝廷器重。它虽不在坊巷之内，但是紧邻坊巷，让坊巷享有地利，林则徐等当时"第一流人物"都是鳌峰书院培养而出。在右三坊办博文、宝文社学、在闽山庙巷办文林社学。黄巷闻雨山房、萨家绅设书塾、安民巷回春药局吴氏家塾、文儒坊黄氏试馆、衣锦坊林氏家塾，还有光禄坊刘氏家塾。在漫长的历史岁月中，三坊七巷诗社活动尤甚，如光禄吟社、宛在堂诗社、福州托社和福州支社以及福州说诗社和寿香诗社。这里还产生出梁章钜这样的楹联鼻祖。岁月积淀出三坊七巷深厚的儒学文化，它体现出了儒家文化中倡导的尚德的人文精神。陈耀南先生在《中国文化对谈录》一文中这样说道："儒学，也可以解释为文化人的学派。"三坊七巷文人云集、书香浓郁，通过科举考试成为坊巷人走向朝廷的途径之一，科举考试以儒学为基础，也酿造了以儒学文化为特色的三坊七巷文化。腹有诗书气自华，三坊七巷崇儒尚学，也涵养了坊巷人的正气，涵养了他们忧国忧民的情怀。

中国历史的重要变革是催生三坊七巷文化特质的原因之三。一座三坊七巷，半部中国近代史。清道光二十年，帝国主义的坚船利炮打开了中国的海疆，致使我国的社会性质由封建社会变成半殖民地半封建社会。在近百年的历史风云中，三坊七巷出现了众多对中国历史产生重大影响的人物。这些历史人物既受到三坊七巷文化浸润，又在传承中发扬光大了三坊七巷文化的内涵。三坊七巷文化总是与中国的历史风云同拍共振、割舍不开，如洋务运动、戊戌运动、黄花岗起义、辛亥革命等重大历史事件中，都有三坊七巷人的参与。走进林则徐纪念馆，细细地读着家书、品着对联，他的为官思想、为政理念、为民情怀应当是三坊七巷文化的重要组成部分。林则徐的"苟利国家生死以，岂因祸福避趋之"，林旭在刑场上发出的

"君子死、正义尽",以及林觉民的《与妻书》,还有林长民率先把"二十一条"透露给报界等,都表现出对民族、对国家的担当精神。时代造英雄,时代也造就了三坊七巷的文化。我有时这样假设,如果将三坊七巷中,从清道光二十年至1919年这段历史抽去,那三坊七巷文化又会是怎样的历史?我以为,有了这段历史,让三坊七巷文化的"谋天下之永福"的担当精神得以充分的展示。

开眼看世界是形成三坊七巷文化特质的原因之四。首先,三坊七巷的特殊地理位置为它的开放提供了可能。这里可以通过内河,通江达海,让它兼具山的灵气、海的博大。其次,由于科举等原因,坊巷人外出为官,他们兼收并蓄,采各地之精华为我所用,如坊巷建筑就体现了徽派建筑的特色。尤其是鸦片战争之后,林则徐以夷制夷,组织翻译外文刊物,成为开眼看世界第一人。之后,清政府在马尾创办航政公署,三坊七巷文化与航政文化有着千丝万缕的关系和融合。马尾船政博物馆中介绍的四个海军人，有三个居住于三坊七巷，林白水创办报刊，陈衍翻译《茶花女》，严复翻译《天演论》，介绍西方的思想。一大批三坊七巷人走出坊巷，走向全国，走向世界，促使了三坊七巷文化与其他文化的交融，特别是与西方文化的交融，在交融中又使得三坊七巷文化形成开放包容的文化特质。在这块土地上，道教、佛教、基督教以及各种民间信仰共同存在，开展活动，也体现出三坊七巷文化的开放包容。《论语·宪问》说："士而怀居，不足以士矣。"这意思是说，一个读书人如果留恋于家室乡里的安逸，便不配做读书人了。从这个角度来理解坊巷的读书人，我以为他们是真正的读书人。他们不为私己求享乐，而以天下为己任。

三坊七巷文化物质孕育于这块土地，这种物质是有机统一、相互联系、相互作用的。文化人的集聚、对儒学的尊崇，涵养了他们的道德修养。通过科举，这里的人走上了仕途，加强了与朝廷的千丝万缕，强化了他们的家国情怀和担当精神。福州的特殊地理位置和马尾船政的兴办，让三坊七巷文化成为一种开放包容的文化。

瑞士心理学家荣格说："一切文化都沉淀为人格。不是歌德创造了浮士德，而是浮士德创造了歌德。"余秋雨也曾说："由于文化是一种精神价值、生活方式和集体人格，因此在任何一个经济社会里它都是具有归结性的意义。"从这个意义上去看三坊七巷文化，就可以明白三坊七巷文化具有"崇儒尚学、家国情怀、敢于担当、开放包容"，并在岁月中，逐渐影响着福州人的性格，林公的"海纳百川、有容乃大"已成为这座城市的精神。

古树嘉木：引得春风入坊巷

邱泰斌

古老的街巷，完整的里坊，配之以古河道、古桥梁、园林花厅、古树名木，勾勒出了福州三坊七巷。据志书和其他资料显示，三坊七巷曾是众多官绅的城市宅院、古典私家园林荟萃之地。历史上大户人家宅院多有私家园林，配置花木，叠山掇石，各有千秋，各具特色，艺术地体现了坊巷人的生命情调与心灵律动。

三坊七巷造园讲求居、行、游、赏的统一，注重植物造园。植物配置常用的有榕、樟、荔枝、桂花、龙眼、白玉兰、广玉兰、松、竹、梅、蜡梅等花木品种。那些保存下来的百年以上的和名人种植的树木，便成了坊巷间"活的文物"。对三坊七巷古树名木，福州市进行过多次盘点。1993年时,市、区两级联合普查,古树名木存活三十七株。2008年走访时,古树名木减至二十株左右。不久前又一次走马观花,发现古树名木虽然总量大致不变,但有的不挂牌了,有些是准字号的跻身替补了上来。

古树名木,作为唯一以生命形态见证历史并具有不可复制性的文化遗产,它们本身就是文化,就是历史。从某种意义上可以说,古树名木的保护价值和珍贵性,与名人故居、历史名园相比,甚至有过之而无不及。"雕栋飞楹构易,荫槐挺玉成难。""名园易构,古树难求。"(计成《园冶》)现代科技足以指日可待建造起摩天大厦,名居名园亦可修旧如旧,但谁又能修复打造出唐榕宋荔?!

黄巷小黄楼黄璞故居,是三坊七巷最有代表性的古典私家园林,那里面有一株古杧果树。

黄巷,据志书记载,因晋永嘉年间八姓"衣冠南渡"中的部分黄姓后裔聚集而得名。黄楼传为后人对唐朝大学者黄璞退隐居所的尊称。唐朝末年,在闽王王审知建罗城之前,三坊七巷地理位置尚处于城乡接合部。黄巢起义军途经福州，传为名儒黄璞"灭炬而过"，这便成了三坊七巷最早的文字记载，黄璞也就成了唐以前三坊七巷有文字记载的唯一名人。

"黄楼月色杨桥水，照遍钟山万点春。"1949年后因逐步被改造成新村，黄楼如今仅保存下了小黄楼。小黄楼具苏州古典园林风格。黄楼西花厅建筑群由一座木构小楼与楼前的假山、水池、拱桥、半边亭等组成，创造了闹中取幽、小中见大的山水庭院。而小黄楼那株古芒果树，传为黄璞手植，被称为"古芒果树王"。这株古树眼下树高根壮、冠幅浓密、长势良好，种植和养护它的人功不可没。

小黄楼、黄璞、古芒果树，可称为三坊七巷里的第一楼、第一人、第一树了。此外，小黄楼里还保护着一株古苹婆树及一株古白兰树。

小黄楼名流荟萃，可圈可点的人物除黄璞之外，还有林则徐的师兄——江苏巡抚、两江总督梁章钜，清代最后一任册封琉球国正使、梁章钜女婿赵新。著名教育家、记名御史陈寿祺曾居于小黄楼东邻。中华人民共和国诞生后,郑奕奏、郭风、何为等一拨艺术大师、文学大家都也曾居住于此。梁章钜在江苏任职八载,当年返榕养病,修葺小黄楼时难免会将耳濡目染的苏州古典私家园林之精华,融会贯通于此间。

走在三坊七巷,无论是南后街还是坊巷间,榕树随处可见,榕根盘根错节,榕须随风飘荡,十分吸引眼球。

榕树是福建省树、福州市树,榕树成为福州这座国家历史文化名城的象征和独特的风貌特征。

福州素有地方官员率众绿化、带头植树,特别是植榕树的政风民俗。据考证,榕城于唐末已开始人工植榕绿化,宋代为其历史上鼎盛时期。著名方志学家宋梁克家的淳熙《三山志》,记载下了对榕树情有独钟的福州宋代知州六位——王逵、蔡襄、张伯玉、程师孟、黄裳、梁克家。这些地方官员不但倡导民众植榕,而且率先手植。在福州历史上植榕热情最盛者莫过于太守张伯玉。

他上任伊始，领内便受困于旱涝灾害。于是他发动民众"编户植榕"，并亲手在自己衙门前两侧各种下两棵榕树，榕城盛名由此日炽，以至谈到榕树和榕城，世人只知有伯玉，而不知有他人。

福州地处东南沿海，依江傍海，闽江中贯而过，被世人简称"左海"；近代史上睁眼看世界的第一人林则徐，被后人尊称为"左海伟人"。福州人倡导的是一种大海胸襟、榕树精神，即林公的名言"海纳百川，有容乃大"。

三坊七巷如今分布着十株左右的古榕名榕，其中与"左海伟人"及其家族有直接关联的有四株三处，分别位于林则徐次子林聪彝故居、大女婿刘齐衔故居和林则徐纪念馆。

林聪彝故居坐落在宫巷24号，这里原是明末唐王朱聿键在福州称帝时的大理寺衙门。明灭，房屋数易其主，至清同治之后成了林聪彝居所。林聪彝故居为四进大厝，至今保存着一株苍翠垂髯的古榕。这株古榕为小叶榕，俗称

"白榕"。树冠庞大雄伟，浓荫蔽日，基干苍老错节，好似饱经沧桑的慈祥老者；下垂的气根飘拂如仙，奇特有趣。

林则徐的大女婿刘齐衔，与其兄刘齐衢为"兄弟同榜两进士"，先后居住过光禄坊和宫巷。光禄坊故居原址位于今玉山涧安泰河边，附近河岸上生长着许多古榕名榕。其中一株人称"天竺榕王"，是福州现存最大最古老的印度榕王。印度榕，顾名思义产自印度，称"天竺榕"，又名"宇宙榕"。这株印度榕王是福州对外交往的活的历史见证。它扎根在河岸的石缝之间，攀住驳岸，枝干如虬龙盘曲蓬勃向上，2005年福州首届古榕节期间被评选为"十大奇榕"之一。

与三坊七巷仅一街之隔的澳门路16号林则徐纪念馆，现有一株"御碑榕"。历史上人们为纪念民族英雄林则徐的爱国主义精神，特地在他的塑像前种上榕树，以示尊重怀念之意。这株古榕如今生长得雄伟挺拔、枝繁叶茂。

有福之州历史上不但有"榕城"之称，且有"荔乡"之誉，这可能还鲜为人知。

在宋朝福州太守张伯玉"编户植榕",使福州榕城别称更具影响之时,已自唐朝开始种植的荔枝,也处于其历史上的鼎盛时期,荔乡遐迩闻名。至今仍传世的世界上第一部荔枝专著——宋著名书法家、园艺家、两任福州太守的蔡襄撰写的《荔枝谱》,详细地记载介绍了福州的荔枝名品。唐宋八大家之一的曾巩任福州知府时,作《荔枝录》,搜集了闽荔三十余种,弥补了蔡襄《荔枝谱》的缺漏。南宋诗人陆游在《老学庵笔记》中记录了福州宋丞相余深府中的稀世名荔"余府亮功红"。元、明、清之后有关荔枝名著均有记载福州荔枝。特别是从明朝开始,"怡山啖荔"成为福州人的时尚和文化活动。福州寺庙园林西禅寺每年均举办荔枝会,邀请地方人士参加,并观赏寺藏古字画,留下很多啖荔诗篇。

历史上三坊七巷也种植有不少荔枝树,至今仍散布各处。坐落于郎官巷与塔巷之间雅号"二梅书屋"的古名居,便有一株古荔枝树。

与三坊七巷许多大户人家一样,二梅书屋

一屋跨两巷，前门开在郎官巷，后门开在塔巷，前门高大威仪，后门亲切随和，一进门便是花厅园林。二梅书屋是一座三进大院的明清时期典型的民居代表，现在人们将整座院落统称为"二梅书屋"，而实际上真正意义的书屋是在二进西墙处，由书屋与藏书室组成。

据查，二梅书屋原主人为林星章。资料显示，林星章，长乐人，清道光六年进士，曾任江西石城、广东新会知县，署理龙门、茂名知县与化州知州，并曾是福州四大书院之一的凤池书院的山长，培养出大量杰出人才，还于道光年间主持编修了《广东通志》等。

按照现在流行的说法，"二梅书屋"是因主人在书屋与藏书室之间曾经种植过两株梅花（有的甚至说是一红一白）而得名。但我们走访时，早已不见古梅虬枝倩影，现在人们在书屋旁补种了两株梅花，权当疏梅古韵。

书屋倒有株根抱假山石的古荔枝树，树皮灰褐色，不裂，无花瓣，成顶生圆锥花序，果球形或卵形，熟时红色，果皮有显著突起小瘤体，种子棕红色，花期三至四月，果五至八月成熟，为福州地区的"蛀核"名品，核小如丁香，色泽红艳，汁多味甜。

进士、知州、方志学家，其名号原本不薄，但无奈三坊七巷之间大牌大号的达官显贵、名人名流群星灿灿，林星章在此只能是星光暗淡了。林知章至今仍有些薄名且被人们提及，全赖于其儒雅地命名了"二梅书屋"，并由其后人很好地保护下来。

另中国科学院院士林惠民也曾居住于此。

古树名木研究专家曾称，三坊七巷是"古树名木样本园，闽中奇花异卉集结地"，观之鉴之，此言不虚。

在船政大臣沈葆桢故居和衣锦坊41号内如今幸存有两株古流苏树，均被列入福州百株著名古树名木名录之中。

流苏，别名"茶叶树""四月雪""糯米花"，福州俗称为"白丁香"，喜光，生长较慢，初夏开花，满树雪白，极具观赏价值，为高级园景树。

流苏在福州地区较为少见,在庭院中种植保存的更为珍贵。

沈葆桢故居坐落在宫巷 26 号,前花厅庭院中的古流苏树树龄逾一百多年,传为沈葆桢手植。如今居住在前西花厅庭院内的沈家后人,对这株古流苏保护得很好。百年流苏树枝干挺拔,树叶苍翠秀丽,生机勃勃。

衣锦坊 41 号有一座三坊七巷唯一保存至今的红砖两层西洋式建筑,院内有一株新编号为 A00023 的古流苏树,虽依然存活,但长势不佳,周边施工环境对其影响较大。

宫巷和衣锦坊幸存的两株古流苏树,每年 4 月开花时节,满树花萼洁白素雅,装点着椭圆形的冠幅,为古老坊巷和名人故居平添了一道靓丽的景观,深为游客和周边居民所喜爱。

听说安民巷 47 号、48 号鄢家花厅保存下了一株古阳桃树,笔者喜不自禁,随即前往。

鄢院花厅旁生长的阳桃树,有上百年历史,虬枝盘曲,树姿优美。

中国是阳桃树的原产地之一,福州栽种阳

桃树历史悠久，宋梁克家《三山志》中即有记载。宋著名词人辛弃疾在福州任职时，曾赞美道："忆醉三山芳树下，几曾风韵忘怀。黄金颜色五花开，味如卢橘熟，贵似荔枝来。"明代药物学家李时珍在《本草纲目》中对闽中阳桃做过生动描述。鲁迅先生两度来福州，对福州阳桃大加赞赏，喻之为"火星上的果子"。

今日福州阳桃树已不多见，古阳桃树几近绝迹，安民巷鄢家花厅这株古阳桃树就尤显珍稀，更需要世人关爱。

坊巷名木不乏爱情传说，杨桥巷（路）历史上曾演绎过"双抱榕"和"与妻书"两个悲情盈盈的爱情故事。

今天的杨桥路前身称杨桥巷，为三坊七巷中最北端的一条小巷，与衣锦坊、郎官巷相连。杨桥本是一大景观，特别是古时南后街灯市，以杨桥巷尾最盛。现仅剩下两个文化看点，即合潮里双抛桥、辛亥革命烈士林觉民和现当代著名文学家冰心的故居（现为福州辛亥革命纪念馆）。

/古树嘉木：引得春风入坊巷/

双抛桥畔合抱榕，如今由一座古石桥、一方街亭、两棵古榕组成一个民俗文化眼。历史上的双抛桥，"流从江海秋添浪，派合东西午会潮"。桥上建有亭，古往今来为市民、游人，休憩、纳凉和听评话、伬唱等公演聚会提供了一个好去处。

"双抛桥畔合抱榕"爱情故事尽管有多种版本，但大同小异，说的都是一对钟情怀春的恋人，被抛入河里，之后河南北两岸各长出一棵榕树，树根在河底盘根错节，树枝在空中交颈挽手。因此，乡亲们便在小河上架起石桥，将桥命名"双抛桥"，将树称之"合抱榕"，并在桥上建亭纪念。"合抱榕"均为细叶榕，盘根错节，枝繁叶茂。

《与妻书》则述说了辛亥革命烈士林觉民与妻子的爱情篇章。

广州起义前三天，林觉民在写给爱人陈意映的诀别书——《与妻书》中，提及杨桥巷故居"窗外疏梅筛月影，依稀掩映"（故居曾种过梅花）。广州起义失败后，林觉民英勇就义，

《与妻书》被秘密送到陈意映避祸处。仅隔两年，情深义重、郁郁寡欢的陈意映就与世长辞，追随夫君去了！

疏梅倩影，西窗剪烛，怅忆花前月下，梅香透逸，儿女情长，英雄气壮。近百年之后再读《与妻书》，仍令人不免回肠荡气、潸然泪下、情怀悠悠。

林觉民故居之后成了著名文学家冰心的居所。林觉民《与妻书》的魅力、疏梅的倩影，或许也给少年冰心的心灵留下了深深的烙印，为她今后爱心的演绎奠定了厚实的基础吧？

德政流芳，后人思之。名木不语，下自成蹊。

光禄坊的光禄吟台，就是一座代代相传、沉甸甸的历史丰碑。

光禄坊位于三坊七巷街区西南陲，兼得内河吞吐的滋润和乌石山余脉的灵气。乌石山有条支脉称"闽山"，又名"玉尺山"。宋熙宁元年，江苏人氏光禄卿程师孟知福州。程公为民造福，功绩斐然。公暇之余其常至闽山唐代保存下来的寺庙法祥寺游览,喜登一方岩上吟诗,后应寺僧之请题刻了"光禄吟台"。宋末寺废,法祥寺渐入民居。

如今黄鹤已去,金石留声。光禄吟台保留下了漾月池、池上的古桥、法祥院石盆,以及民国的多段摩崖题刻等古迹。

自宋以来,这里原本有个古树名木群,如今仍幸存三株。一株古朴树,位列现已修复的当年大学者郭柏苍所建的追昔亭旁。一株古九里香,生长在"屏仙"景观处。另有一株为古荔枝树。状元郎王仁堪清光绪九年在此留下的摩崖题刻,有"闽山鹤磴荔阳中"等字样,说明当时此处植有荔枝树。这里原本还曾生长的一株全市最大的古流苏树,早些日子不幸被长期附体的笔管榕绞杀死了。

古树名木们见证着光禄吟台辈出的名人。林则徐曾在此作客放鹤,后人为此刻下"鹤磴"二字并题诗。我国著名翻译家、文学家林纾曾在此度过了童年。"同光派"闽派著名代表人物陈衍、郑孝胥、林纾与玉尺山李作梅家李宗言、李宗祎兄弟经常在光禄吟台聚会作诗,并成立诗社——福州支社。著名学者郭柏苍于清光绪七年入住玉尺山,留下众多景观,并在吟台西建追昔亭,录刻《八闽通志》中的三节于木柱之背,还在沁泉山馆内撰写了《竹间十日话》等著作,为福州的历史、地理、人文等留下了许多珍贵资料。光绪帝师陈宝琛的夫人、状元郎王仁堪的姐姐王眉寿在玉尺山房创办了第一所福建人自办的女子教育机构——女子师范传习所,自任监督(校长)。

色彩三坊七巷

简福海

三坊七巷是一种时光与文化的包裹,是一个"场",面对它,你会被一种能量吸引,实现心灵的穿越和抵达。青石、白墙、黛瓦、朱门、幽巷、古榕、曲翘屋檐、古铜门环、镂雕窗棂、亭台假山,这些精妙绝伦而又色彩斑斓的具象,也许抵挡不住时光的侵蚀,会逐渐褪色,甚至湮灭,但浸润其中、承载其上的故事,却永远不会像风一样消逝……

红

随便拐进一条坊巷,都有宏威肃穆的朱漆大门,开合间喑哑滞涩。这些深宅阔院、朱门玉砌,已不会让我吃惊,这是三坊七巷的基本元素,因为这里曾经云集着达官贵胄、文人墨客、帅相武将。随便推开一扇朱颜斑驳的大门,都在打开历史的册页,沧桑与荣耀扑面而来。

红色,哪怕陈旧斑驳,都有一份说不尽的雄威;红色,即便经风透雨,仍有一股可触摸的温度。宫巷26号,沈家大院,朱门开敞,门槛低矮。从宽宽的门洞往里看,仿佛能洞穿古往今来。一百多年前,一位风云人物曾从这里出发……

清同治五年九月,主事的左宗棠在船政局筹建不久即调任陕甘总督。走马换将非小事,左宗棠思谋良久,最后丁忧在家的沈葆桢进入了他的视野。左宗棠三顾沈宅。时隔百年,我们无法推想当初左宗棠纡尊降贵一次次往沈家大院走去的执拗与恳切,无法推想两个位阶不同、口音有异的官员晤聚细节,只知道,沈葆桢坚辞未允,直到朝廷降旨"先行接办""不准固辞",方走马上任。紫微斗数,星相命卦,都提到"贵人"。左宗棠称得上是沈葆桢生命中的贵人吗?算不算在关键时刻扶了他一把?

不管如何，左宗棠的眼光是犀利的，历史的选择也是正确的。一列数字略能佐证：八个寒暑，共有五艘商船和十一艘兵舰成功下水，船厂由最初的两百亩，扩展到六百多亩，拥有三千多名工人。有人这样评价左、沈二人对船政的贡献："创自左宗棠，成于沈葆桢。"

坊间传闻年轻气盛的沈葆桢曾写过一首咏月诗："一钩已足明天下，何必清辉满十分。"林则徐看了后，提笔将"必"字改成"况"字，一字之换，意思全变。没有谁限定顶戴花翎就不能平平仄仄地吟风弄月、雕章琢句，况且从沈葆桢丁忧在家时挂出店招"一笑来"当街卖字的史实推导，沈的诗书雅好有如关不住的水龙头，滴答不停，因此，这则秩闻可信度很高。有趣的是，一个谦虚谨慎，一个目空一切，两者居然结成翁婿。这等佚闻，除了点出汉字的精妙，也为历史点染几许别样的色彩。

当然，我更关注的是史实：主持船政期间，沈葆桢在宫巷宅第专门设立一个办公场所。因此，这座豪门深院里除了锦衣华服、书香盈袖，更有一腔殷殷的热血，伴着高积牍案的累累卷宗，融注到十几千米外马尾造船厂的隆隆机声里。

同治十三年，十一艘兵舰载着三千五百名日本兵进逼台湾，李鸿章力荐沈葆桢率军直赴台湾。"此次并非升官加爵，而是临危受命"，被誉为"乡党众口交推，中外华洋共信"的沈葆桢没有丝毫推辞，立誓"裹革而归"，爽快得如同瓶中泄水，落地有声。最后虽无血染沧海，但沈葆桢英勇无畏的气魄，终把虎视眈眈的日军吓退，危机不战而解。

翌年，沈葆桢出任两江总督；四年后，这位忠心耿耿、刚勇善断的名臣在异乡南京，为大清王朝过早淌尽了最后一滴血……东风不再，桑梓难归，他在咽气时，是否恋恋不舍地南望故园？

离宫巷不远的杨桥巷17号，同样一座豪门世宅。昔日的垂杨小巷已成通衢大道，车水马龙间，高楼林立，繁华如织。幸运的是，这座老厝顽强坚守，未被时光吞没，亦未被时尚挤对。这得感谢一位血溅黄花岗的青年和一封感天动地的书信。

这位青年便是林觉民,这封家书就叫《与妻书》。

林觉民的生命永远留在了二十四岁,留在了繁花茂树的青春盛年,留在了这封满纸伤情的薄薄信笺,也留给了林家无尽的伤痛,留给了后人无限的惋惜和景仰。

透过陈展的影像和物件,我们更多看到他的血性,即便是柔情似水的诀别书,一样能读出他丰沛勃发、慷慨激昂的男儿血性。循着"血性"这一核心词,也就不难明白,在童生考试时,十三岁的少年郎为何能够写下"少年不望万户侯"后一甩长袖掷笔而去;为何能在昏暗的灯下汩汩淌出一篇篇檄文;为何能以"指陈透彻,一座为倾"的感染力四处演讲;为何能在家中操办起别开生面的女学;为何给自己起了一个穿云破日的别号"抖飞";也就不难明白,为何没有任何事物能阻止他做出死的选择,"飞蛾扑火一般把自己的生命放出去"。

纵横英雄气，缱绻儿女情。入选多地中学教材的《与妻书》，情深意切，字字泣血，句句锥心。为国捐躯的激情与对爱妻的深情交融辉映，黏稠深化不开，既缠绵悱恻又豪情干云。有人称这封写在小小一巾素帕上的书信，是20世纪最伟大最纯洁的情书。

从白棉笺布上多处洇湿漫漶的墨迹，可推断他在香港滨江楼挑灯奋笔时也是双目噙泪。一个人在跨越生死的当头，怎能不心波翻涌、百感交集？然而，那时而滞涩、时而顺畅的笔触涂抹出的，一定是他内心的犹豫和胆怯吗？那个匆促得挨不到天亮的夜晚，一边将最深的情感付诸"为天下谋永福"，一边将最浓的眷恋凭纸传语报爱妻，当时内心的纠结苦痛不难想象，这恰恰也突显其勇义——谁不渴望两情缱绻、日夜相随？但国难当头，匹夫有责，他擦完热泪，就大步走上"舍小家而顾大家"的不归路了。

静静地站在陈列馆里，透过泪浸起皱的笺帕，林觉民的豪情侠义仍汹涌而来。当年千里之外的刑堂之上，阵垒相对的两广总督张鸣岐对林觉民劝降不成，下令就地正法。丢下那个死符，对于张总督有多难多痛苦，只有他自己知道。他是如此仰重林觉民："惜哉，林觉民！面貌如玉，肝肠如铁，心地光明如雪，真算得奇男子。"三个比喻，从内至外，形神俱赞，赞叹中满含锐痛。这种痛是痛惜，痛惜林觉民不是同一方阵的人；这种痛是痛恨，痛恨自己被迫亲手结束了一个不该结束的生命。当子弹嗖嗖地洞穿他如铁如玉的身子，一个斯文俊朗的知识青年、一个壮志未酬身先死的热血儿郎、一个儿女情长而又充满理想主义和浪漫色彩的性情男人就此倒下，倒在了那一截被子弹射穿了无数窟窿的历史里。

"寂寂黄花，离离宿草。出师未捷，埋恨千古？"在此次"崇高的失败"中血染辕门的，还有他的堂弟林尹民，以及方声洞、林文等闽都英杰。杜鹃啼血，黄花开遍山冈。

与林觉民有着同样气度和风范的，还有一位住在郎官巷的同姓好儿郎——林旭，"戊戌六君子"中最年轻的那位。光绪二十四年萧瑟的秋风中,临刑前,二十三岁的林旭仰天长啸:"君子死,正义尽!"被腰斩的刹那,血流如注,如同一道彩虹划破长空,尔后跌落,带着红色与温度淌进历史深处。他不是郎官,胜似郎官!

借着林旭的话题,把他妻子沈鹊应推出来。先不说她结缡前的身份和光环——沈葆桢的孙女,单单以她的才情烈性,就该浓墨重彩地大书一笔。眼底江山摇落,笔下乡关辞赋,化作一部《崦楼遗稿》,清词丽句诉衷肠,笔精曲妙情深微,颇有李清照之风,令人叹服。

叠叠字,能写叠叠悲;叠叠韵,怎压得住叠叠愁?痛到深处心无语,当她为殉难的夫君写下挽联"伊何人,我何人,只凭六礼传成,惹得今朝烦恼;生不见,死不见,但愿三生有幸,再结来世姻缘"时,想必"酸泪如缏",碧血穿肠,不可遏制地涌起殉夫的打算。时隔一年半,死神向她敲响了生命回收的权杖,她终于回到生命最初的地方。是解脱吗?咸涩泪水沤烂的日子终于收尾了,所有的生离死别与思念痛楚,最后都因她的殉情合葬而风烟俱寂。只是现今,薄命夫妻的故居没了,"千秋晚翠孤忠草,一卷崦楼绝命词"的石刻墓联也没了,江风声喑,乡关何处?荒烟蔓草,碧血谁收?

时光再往后推,还有一位才俊从黄巷呼啸出发。1925年,他顶着头名的光环来到黄埔军校,随后在北伐战争、南昌起义、反"围剿"、长征的硝烟中,成长为一代儒将,曾任毛泽东的军事教育顾问。他的名字叫郭化若。谁能像他这样,七十来年在军界驰骋,浮沉坎坷几起落,武略文才自风流?而今,斯人杳逝,但丹心可鉴,留得"点墨在人间"。从他们一个个渐行渐远的背影中,依稀可见那片汇集的神圣中国红。

黑

从高处鸟瞰这片古老街区,坊巷横来纵往、毗连贯通,黛瓦相接、累累牵衔。屋顶坡面高低起伏,画着优美的弧线,千条万带见首不见尾,犹如苍龙竞渡,风生水起。

细瞅,便呆住——粼粼黑瓦,层层叠叠,最单纯的黑色,竟铺陈出最丰富的层次与光影,是淋漓的墨汁,是黎明前笼罩的夜色,是晶亮的眸子,是眉睫下忧国忧民的眼神……

郎官巷16号的花厅,时间静止在1927年,一位点亮中国近代思想的老人,永远睡进了乌漆漆的棺椁。你一定猜出了这位老人是谁——严复。

风云激荡,是非起落。他一生的步履时而通达,时而蹇促;时而立在时代涛头,时而又与历史偏离。按照官方设定的轨道,他本应像他同学刘步蟾、萨镇冰等人一样成为军事家,却惠风吹成高才饱学的思想家;一个主张废除科举制的人,却四度入京赶考;一边痛恨鸦片,一边在意外中染毒成瘾;早年充满激昂的斗志,晚年却倾向改良主义;袁世凯复辟时他名列"筹安会",在坚辞袁氏巨额支票的同时,却又三缄其口、不辩不斥;与颖秀超群的林旭同巷居住,除了《哭林晚翠》一诗中表达悼念之情外,便噤声息语,不另着一字……

一时间,真让我们看不清他内心的图景。是否因取名为"复",便注定了人生繁复多叠、遭际跌宕?

不过,青册简编上终究刻着他的大名。从光绪二十四年开始,他挟着《天演论》的电闪雷鸣,击破沉沉乌云,唤醒沉睡的大地。他四处演讲,发出的呐喊振聋发聩。此时的他,已然华丽转身、蜕蛹成蝶,从一个籍籍无名的小教习变成举世闻名的思想家,拥围着炫目的光环与世人崇敬的目光。然而,他合上眼的时候又是如此凄凉寂寞,只有次女在侧,不过总算把最后的灵魂放在了幽静的郎官巷。没有风,没有云,没有岁月可回头,幸好,有乡关可走。

"文儒坊"三个字,怎么读都像是一张洁雅的宣纸,上面笔走龙蛇,墨汁四溅——

时光的长袖,总是拂拭着一切。这条文气滔滔的巷子,也经历着诸多变迁。旧名"山阴",笼着一层湿气,仿佛能闻到浊重的霉味,当这个巷子次第走出一拨拨鸿彦硕儒时,顺理成章地改成了"儒林",英才迭出的故事,估计够写一部《儒林正史》了。后来,宋代祭酒郑穆居于此,易名"文儒",一字之差,尽得点睛之妙。事实上也确是"路逢十客九青衿""谈笑有鸿儒,往来无白丁"。除了郑穆之外,坊里还先后住过台湾总兵甘国宝,抗倭名将、七省经略张经,末代帝师陈宝琛之父陈承裘,《福建通志》主编陈衍等风流俊彦。

你可以不熟悉陈衍的诗句"谁知五柳孤松客,却住三坊七巷间",却不能忽略一块石碑,今天它仍然那么醒目地竖立在坊口的北墙。"坊墙之内,不得私行开门并奉祀神佛……"这是光绪七年订立的社区公约,古旧却完整,是"城市里坊制度的活化石"。读着清晰如初的阴刻碑文,能感知当年的规程森严和民风有序。这是感性之外的理性,弥足珍贵,令人深思与赞叹。烟霞满巷,文脉沛然,风流名士层出于此,也就不足为奇了。

文儒坊47号乃陈承裘故居。这是一位不能一笔轻轻带过的人物,他颇有成就,更重要的是他衍生的血脉，竟一个个接踵凸起，星珠串天，处处闪耀。也不知是哪辈子修来的福分，他膝下六子皆中举，其中三进士、三翰林，加上陈承裘这个往届进士，冠称"父子四进士，兄弟六科甲"，真是个青出于蓝的滋衍，真是个拖金纡紫的家族，一门二代翻卷起的高才巨浪，就这样溅湿了那个年代的江岸。据说远在京都高高坐龙廷的皇帝，听闻陈氏一门的奇崛高迈后，亲题"六子科甲"蓝底金字的匾额派人送到陈府，由此陈氏名噪一时，村氓邑士无不引颈瞻望。

无独有偶，在文儒坊52号叶观国故居，还有一个"五世八翰林"的纪录，以代有能人的稳稳承袭，抵挡独行的残酷。自叶观国这位擅作福州乡土杂咏诗歌的文人在乾隆十六年中进士并入选翰林院后，其家又科甲连绵、世宦相继，下延五代，共计八人中进士，入选翰林。"满门冠簪，一户生辉"，堪称空前绝后。

这种攒聚式的加冠晋禄，除了优秀基因的遗传，更是优良家风的弘扬。当然，也再次印证文儒坊之文教昌盛、人杰地灵、才子佳人济济。

且说陈承裘长子陈宝琛,晚年成为末代皇帝溥仪的老师,在紫禁城可打马而过。这位自号"听水居士"的名儒,能屈能伸,闲放有闲放的活法,重用有重用的担当。赋闲在家,他干脆访山听水,诗文酬唱,自遣其乐。当然,隐世而不绝尘的他不会闲出病来,亮出一招:创办新学,力倾教育。一旦重用,他又呕心沥血,六十三岁官拜帝师时,发已花须更白,仍赤胆忠心、孜孜不倦地教授溥仪,以期扭转乾坤。即便在辛亥革命后回乡修建"望北楼",依然"丹心朝北阙",魂系天下,不忘社稷,真是殷殷老臣、拳拳之心啊!

在与林纾的酬唱答和中使"三坊七巷"这一名号远播八方的陈衍,就住在文儒坊大光里8号。虽然在科举路上多次折戟沉沙,但不妨碍他成为近代著名学者、诗人、教育家、经济学家,有大量诗文经史作品留存于世。他所揭橥的"同光体"诗论,对近代诗坛影响自是不言而喻。他自醒多思,曾"译述西人向来欺我者文章,揭载于报,以醒国人"。得知郑孝胥倒退投暗、晚节不保,素有交情的他断然与之绝交,足见其傲洁风骨。有趣的是,这样一位珠零锦粲的老人还以"萧闲叟"的署名编写《烹饪教科书》。君子未必远庖厨,他在舞文弄墨之外,宕开一笔,探向食谱去寻找饱食暖衣的诗句,致力于提高民国女子的烹饪技艺。七十道菜谱娓娓道出人与生活无法疏离的关系,在每一道菜的菜名、原料、技艺、味道、功用之间,似乎贯穿一根灯捻子,蘸着绵延的煤油,试图为寻常人家拨亮一盏安身立命的长明灯。

举头吟诗,低头吃饭,一处闲情一烟火。但于陈衍而言,诗文是他的锦衣,厨艺是他的素袍,无论何时,穿了哪件,都不至于降低身价、失了身份。

就在斜对面,是那个写下"米家船"赐予林家裱褙店的学者何振岱的故居。"米家船"之名,贴切而荣耀,古典幽梦,纸上行舟。"这条船"起锚扬帆航行到了今天,静静泊在了南后街42号。据说何振岱是为了串门方便，特意购买此屋。虽有"孟母三迁"典故及"近朱者赤"名言，但"串门图便"的理由乍一听还是有点稀奇：一个人究竟有多大的魅力，才能吸引一位风流逸士前来做邻居？当年高墙之内不绝于耳的琴韵诗吟，早已风吹云散了，不过，悠长宁谧的文儒坊应该记得这段"文人相尊"的美好过往。

一个人，两条巷，如何的机缘才能在短时间里发生关联？黄巢做到了。

黄璞，住在黄巷；黄巢，路过黄巷。前者为学者大儒，后者为草莽英雄，除了同姓，本无交集。但在某个漆黑的夜晚，故事上演了：一个令整个唐朝地动山摇的姓黄的人，为了另一个姓黄的素昧平生的人熄灭火炬、令马衔枚。这一招，黄巢发自内心，做得也恰到好处。小小年纪就吼出"满城尽带黄金甲"，可见内心有多孤高狂傲。但就是如此一位呼风唤雨、不可一世的人物，经过黄巷，竟让一切都暗下来、慢下来、静下来，这令人意外且心生暖意，多多少少为他加了形象分,也为这条本已写满故事的巷子美化扩容,陡增一抹惊艳。

后来楹联大师梁章钜引疾归田时,隐居黄璞旧居,修楼筑园,命名"黄楼",全然一副淡泊的心性、低调的姿态。梁园也好,黄楼也罢,不过是个符号,重要的是"黄楼月色杨桥水",月色依旧,绿水长流。近年,福州还举办过"梁章钜杯"海内外三坊七巷楹联征集大赛,看来,怀念并不遥远。

"锡类坊"易名"安民巷",也与这位唐末农民起义首领有关。是义军统帅躬亲察看挥手一指,还是下层官兵步之所至随手一贴?年湮代远,琐碎的过程早已如大大小小的石块跌落在时光流水之中,深不可捞。然而,这条当时算是城乡交界处的无名小巷的某一堵墙垣,确曾白纸黑字、方方正正地贴着"安民告示"。

时序如流,光阴荏苒,巷名数度更迭,翻来覆去中仍以"安民"字号传名立世。想来,轻轻薄薄一张纸,承载了世上最厚重的温暖。

还有什么比国泰民安更美好的呢?岁月静

好,人世清欢,原都在这旁逸斜出的枝头。

白

马鞍状的封火墙,刷着白灰,在黑瓦庇荫之下跌宕连绵、汪洋成片。有时,粉白皑皑的一大堵墙,铺展蔓延在你眼前,蔚为壮观,其实是不同人家盖的,但彼此和谐接续,俨然一体,宛如没有间隔的光阴。

久久仰视,墙体玲珑的曲线呈波浪形前后涌动,逶迤不绝,总能感受到白浪翻卷的模样和大海浩瀚的气息。

前面提及的杨桥巷17号,一左一右的门柱同时挂着两块牌匾——林觉民故居、冰心故居。没错,一幢宅院,先后住过他和她。

光绪二十六年出生于福州的冰心对大海有着眷眷深情,不仅由于父亲谢葆璋是一位海军军官,更因为她美丽的童年在海边城市烟台度过,且在海上结识了终身伴侣吴文藻。因此,她深爱着茫茫大海那无边的柔蓝,发自内心地吟唱"哪一次我的思潮里,没有你波涛的清响"。

白浪滔天的大海，给了她宽阔的胸怀；漫长曲折的海岸线，给了她绵长的爱。"有了爱就有了一切"——爱的哲学贯穿着她的人生和笔耕，《繁星》点缀苍穹，《春水》流过心田，《小橘灯》的微光照亮前路……难怪，作为冰心祖籍地的长乐在提炼城市精神中，毫不犹豫地注入了她的"爱"。

烟云飘荡，杨桥巷里的"紫藤书屋"已然不是旧时模样，但涛声依旧，她爱的呓语已化作天风海涛，经久不息地回响在广袤的天地。

瓷器般玲珑剔透的林徽因，与这座庭院也有着某种明明灭灭的关联。林觉民是她血脉相连的堂叔。

但凡热爱文字或酷爱建筑的人，大概都认得那个有着一段颀长粉白的颈项，穿白色立领、斜襟盘扣民国学生装，眉弯似月，双眼盛满了光，嘴角浮着浅梦似的微笑的身影。有些美艳，不一定要花枝招展，一如这帧照片中的林徽因。

林徽因仅有一次故乡行。1928年她刚嫁作人妇，回乡度蜜月，并与孤栖独宿的生母聚叙，在福州待了个把月，择宿于仓山青萝蔓蔓的可园，未曾在这座宅院待过一时半刻。然而，世人追慕才女的眼光总愿意在此多作停留。前些年，该院顺势新辟一块属于林徽因的陈列天地，供游人缅怀。她的绮衣丽颜，她的诗情荡漾，她那些风华韵致，那些微笑、理想，以及缱绻情意，隐隐映照在一角图文里，点醒着我们去静静怀念那个永远的"人间四月天"。

纵然时光的尘埃一层层落下来，也掩盖不了林徽因的璀璨光芒。她是国徽与人民英雄纪念碑的主要设计者，是清华大学建筑学院的创建者，与其夫梁思成被并视为现代中国建筑学的创始人；同时，也是文化名流，被胡适先生誉为"中国第一才女"。她出生于烟雨迷离的杭州，却始终视榕叶弄笛的福州为故乡，故土难离，乡音未改，福州话一直说得地道顺溜。而福州也没忘记她，福州记得的是一个文能纵笔写诗文、理能登墙测梁架的旷世才女，一个吹气如兰、光洁照人的大家闺秀。

她设计了一块石碑，安安稳稳地留放在福

州城北的国家森林公园。可是，留给我们的念想和惋叹，却永远放不下了。那就搁着吧，在心里，不必卸载。

稍微走上数百米，就是光禄坊。坊名自有出处，据载是因曾任光禄卿的福州郡守程师孟在移知广州时留下的墨宝——"光禄吟台"而冠名。时光处处按下删除键，但此处旧迹竟然未像蛛丝一样被轻轻抹去，它还完好无损地站在原地。近旁人来人往、车声呼啸，但不影响它继续被许多念旧的人，津津乐道和慕名踏访。

清道光十三年，林则徐曾受房主叶敬昌邀请来此放鹤遣怀，留下"鹤蹬"二字纪念。时光的大帚再向前扫过四十个春秋，此时的林公已随白鹤去，戏剧性的是，这处私宅已交到了他外孙女手上，即沈葆桢的女儿一家。沈葆桢临死前，不忘留下"究竟笔墨是稳善生涯，勿嫌其淡"的嘱咐，可喜的是，没有白交代，文脉随着血脉"稳善"传承。他的外孙李宗言、李宗祎兄弟延续了他的遗风，诗书继世，就在光禄吟台组织起曲水流觞的诗社来。

诗社计有十九人，活跃着陈衍、林纾、陈三立等长袍飘飘的身影。随便拎一个名字出来，都是响当当的，仿若其诗文一样，玉振金声。吟台之侧小池那粼粼的波光，一定回荡过这些声波，并将共振过的波音传得很远很远；而酬唱互和的吟台中人，想必知道葱茏的诗情是如何的水洗无尘，也一定明白诗社所供给的滋养是何等的丰沛无边！

说到光禄坊，绕不过一条小巷子——早题巷。该巷4号，为清初大诗人黄任的故居"香草斋"。他名重一时，拥奇砚十方。时光如同曲行的溪流，兜兜转转，林觉民在广州殉难后，家人将宅子卖给了冰心祖父。林觉民妻子陈意映拖着八个月身孕领着一家老小仓皇逃难，落住的正好是这个院子隔壁一座二层小楼。某个云重的暗夜，好心人冒险涉危将藏有两封遗书（《禀父书》《与妻书》）的包裹偷偷塞进门缝。当天的夜色隐匿了送包人的匆匆影踪，但能掩盖一个弱女子的惊恐吗？何事秋风悲画扇，无处觅良歌。思夫心切，积愁成疾，两年后，留下遗腹子，一个少妇便香消玉殒了。回忆至此总是心痛低回：义士断头，佳人落泪，韶光易逝春归早！

1937年，郁达夫夫妇宦游福建，也短暂客居早题巷1号。短屋相接，数米之遥，不知这位高才雅士，是否迭现过林觉民夫妻的影像？做过怎样的思索与遥望？

着白袍涂油彩的甘国宝，至今依然活跃在舞台上。确切说，他是一名武将，自十九岁时中武举、二十四岁成为武进士后，一个"武"字便相伴终身。车辚辚，马萧萧，霜雪满弓刀。翻开史料，前面还埋了一个伏笔——他十四岁参加文童考试，名列前茅；另外他擅长以指作画，所画之虎神态各异、栩栩如生。因此，他选择住在文儒坊，倒也没委屈这条文绉绉的巷子。

从乾隆二十年开始，甘国宝相继任贵州威宁、浙江温州、闽粤南澳总兵，兵权大握，为国效力的人生画卷由此徐徐铺展。金戈铁马，岁月倥偬，稍加打量，这轴画卷最出彩的章节，就赫赫然定格于台湾这块不大的版图。自乾隆二十四年临危授命来到台湾平息内匪外患,他多措并举,使"兵安其伍,民安其业",岛内一派祥和。照说,这样一位披肝沥胆、功勋卓著的文武雄才的故居,理应保存完好。遗憾的是,1938年那场百年未遇的洪水翻卷着滚滚白浪从甘家大院踏过,一瞬间,墙塌梁倒,一座庇佑过一代名将的房子的璀璨生命,就这样,来不及叹息就化为了泡影。

人走了,楼塌了,但属于甘国宝的故事呢?随之终结了吗?听说,他故乡屏南小梨洋村后院的梨花又开了,白茫茫几树,琼花胜雪,犹如祭祀时白纸灰飞。而福州坊巷深处的急管繁弦里,宽袖白袍的他又粉墨登场了。这一刻,我恍知他的传奇,永远不会画上句号。

红、黑、白——逸笔草草的三个色块,无法勾勒出三坊七巷的万千风姿。但我还是想搁笔了,因为前面记述过程中,思绪与笔端无法遏制,枝蔓缠绕,短杈横斜,尽管一再下意识置身于远年的场景,细细梳理,然而力有不逮,仍在坊巷间绕来绕去。写的是坊巷，却又不全是，着墨更多的是坊巷里生活过的风流名士，他们才是这方土地的"文脉"。本想笔走一段，就不再回头，跳离某个场景和人物，可是拐了个弯，又碰上了。于是，就这样迂回转折，反复进入。当我穿行在喧嚣散尽的坊巷，感受着湿润的海风在白墙黛瓦与亭台楼阁间绵绵而过时，许多瞬间，都有一种历史与现实相契的恍然。坊巷幽深，古风吹过，停了停，打了几千个结。时空交错，场景交叠，人物交织，其间青史留名的人物，都或多或少发生着某种关联，千丝万缕，牵丝盘藤，犹如锦绣缤纷的长线，经来纬往地织了又织，织就一幅繁复绮丽的彩帛，高挂在历史的墙头，供后人品评……

砾头村：历史尘埃里的乡愁

许燕妮

一

选择在雨后来到这个村庄，我并不是刻意而为。

那天的雨下得很大，于我而言却是刚好，水洗过的乡村突然展现在眼前。我就这样看到平时从没看过的天，松软的白，装点纯净的蓝。那一朵半朵的云无规律地飘，仿佛终点在远方再远方。连绵的山与清新的天之间，隔断得十分明显，令我想到一个词——层次。是的，它是立体而生动的。我看到满目的翠绿、碧绿、墨绿就那样深浅不一地紧挨着，仿佛各自独立，又相互浸润在山坳里。

硿头村：历史尘埃里的乡愁

这是位于华安县境内甲子尖山脚下的一个普通村庄，名叫"硿头村"。

一入村口便能见到潺潺密流的溪水，水是这个村庄不可不提的一物。我仔细观察了一下，村里的溪流大多不是温情小溪，落差较大，流速类似小瀑布，哗哗作响，汇流不息。正因为如此，这个村庄水力资源丰富，所在的乡镇有七家水电站，年发电量一千多万度，这个靠山的村庄，竟然也能靠"吃水"过活。

水是自然的芳物，水是乡村的灵魂，水是最令人无法遗忘的乡愁。站在一条合眼缘的溪流边上，我执着地四处询问她的芳名。几次未果，后来有人告诉我，叫"大厝溪"，不知准确与否，但我喜欢这样的名字，踏实墩厚，带着温暖宽广的深意。

我决定往洋竹径的方向走。上山的路有许多条，其中一条不算路，泥泞弯折的小道，树叶与枯枝盖在路面，有许多参天大树错落其间，我笃定地选了这条。因了这选择，我有了邂逅百年古树的机缘。一株含笑，矗立在前。这可不是普通的含笑，它已这样不言不语站立了两百多年。许多时候，一种姿态要保持良久实属不易，更何况是漫长的十万个日日夜夜。

住在附近的八十五岁老人，说起这株含笑，立刻滔滔不绝。老人孩童之时，正是抗日战争时期。有一天，日军的战机突然从这个村庄飞过，掠过这株含笑树顶时，巨大的风力让这棵大树像要被折断般簌簌作响，仿佛一种信号，带着未知的恐慌与不安。这个村子的人全部紧闭大门，屏住呼吸，躲在床下，直到大树不再发出声响，村子似乎又归于平静了，村人们才陆续走出门来。年代虽已久远，但大树的响声却一直留存在老人心里，像那段不曾遗忘的历史一般紧紧根植。

老人说，当年啊，它就已经这么高了。过了七十几年，他老了，它却依然是这样，好像从未变过。

观赏这棵树，我需要伸直脖子仰望。这株深山含笑青翠笔挺，果然没有一丝迟暮之态，或许再站上几百年也没有问题。这样一种生命，强大扎实,适合用来想念。每一个曾与之相伴的人,即便在满头银发之时,再回望它,也能在瞬间回到当年。

走不了几步,又见一棵古树,这个村庄里,并不缺少这些动辄上百年的植物。是一棵肥皂荚,树干笔直参天,因为被另一棵树所缠绕,我差点错认了它的叶子。树与人一样,需要彼此依靠与扶持,才能挨过时间之长河、风霜之苦果。

走着走着,我差点忘了我是为什么来到这个村庄。

二

砾头村有一宝贝,是一座造型奇特,年代久远却保存完整的土楼,被称为"雨伞楼"。我上山便是为了它。

雨伞楼依山临水而建,四面青葱,寂静地深居在竹林与松柏间。楼身直径不过十余丈,分为内外两圈,内高外低,呈雨伞状。据说,这在客家建筑中是不多见的,首先不符合土楼功能的第一特性——防御性。外围的墙低便可轻易叫外人翻越，内围的墙高又正好让路人惦记。这是建造设计上的缺陷，还是楼的主人想向世人展示群居生活特意为之？

翻过雨伞楼倚靠的这座海拔一千三百多米的高山，有一座"土楼之母"齐云楼，那里甚至还有土楼群。为何只有这座楼是一山之隔，独然建造于此？

许多疑问，没有人给出答案，我便只能坐在石板台阶上胡思乱想。

似乎没有什么特别，与大部分的土楼一样，石条铺就的楼基，红土夯成的屋墙，木板隔开的房间，围着一个中心点，画了两个同心圆。外围一圈多用于厨房，靠向内围一侧，则垒些猪圈、鸡舍，里面一圈分为两层，如若遇上土匪恶霸烧杀抢掠，便齐齐躲入里面的两层圆楼，因此内层的城墙要厚实许多。屋瓦黑灰间红，沿着城墙平整地绕两圈，每圈都自中间向内外倾斜。屋檐有些湿润，留下刚下过雨的痕迹。

入内，楼里显露出久无人居的萧瑟，蒙了

烟尘，锈了门锁，屋檐长满青苔，没有人在楼内走动。我在屋后发现一只母狗，自如闲散地踱着步，转到楼内的排水沟里喝水。

雨伞楼很安静，安静到没有人知道它始建于什么年月，又是何人所建。唯有村民回忆其中，说到杨、蔡、郭三姓族人曾依次在这楼内住过。

说雨伞楼闻名，其实是不准确的。在福建土楼已成为世界非物质文化遗产的今天，有"土楼之仙"美誉的雨伞楼却鲜少为外界知晓。走进它时会发现，这里几乎没有游客往来，这座楼就这么孤单、突兀地站在山腰上。

但在孤寂之中，这座楼却独有一种沉静的气质。

雨伞楼其实是兴盛过的。住在楼旁的村民回忆，这里最多曾住过二三十户、三百多人。房内住不下时，搬个木板搭在外圈楼的门梁上，还能再挤两个。现在，从这座楼里出去的人大多行商坐贾，变了模样，而这楼还是如此，只是从喧哗转而沉静，像洗净铅华、淡定从容的老人一般守着青山，坐看日出日暮。

这种静让我不由得想起许多事。

三

我愿意坐下来，慢慢地诉说我与这个村庄的第一次缘分。

应是五年前，初为人母，产后的虚弱让我始终带着一张苍白的脸。有个亲戚来看我，带来了一缸农家自酿的红曲酒。红曲酒看着没什么特别，实则有些"厉害"，母亲用它煮猪腰、焖猪心、炖鸡酒，让我日日将它作为主食进补。将红曲酒作为食材烹煮，本身就是一件华丽的事。无论与其他何种食材搭配，它都是主角，从厨房里飘出的，无法抵挡的，必是浓浓的酒香，尤其是在炖鸡酒时，醉人的酒香可以远飘好几栋楼。

闻味的人便有了福利，可以轻易地从香味的来源，断定是谁家有了添丁之喜，还可以上门讨碗应景的鸡酒喝，主人与客人必会一同欣喜。这个场景在我儿时年代，并不稀奇，然而会用传统方法坐月子的家庭少了，会用传统工艺酿造红曲的人更是越来越少。

现代工艺制造的酒是没有这种"魔力"的，而我家所煮的鸡酒，居然引得不少邻居前来。此酒闻着酒香味浓，但实则酒精在加热过程之中已挥发不少，不上头，不发晕，十分适合大快朵颐。我就这么喝着，不知不觉，浸润之下，通达血脉，一月下来，竟喝了近百斤。活了三十年，忽觉自己经由此遭瞬间升华为酒仙，大有凤凰涅槃之感。而这酒的好，也在日复一日中逐渐显现出来。不但奶水越来越足，连腰痛、脸色苍白也一并消失了，气色如老树抽新芽般，焕焕然地精神抖擞起来。

事后我才知道，这红曲酒又叫红曲糯米酒，便是来自砾头村的古法酿制。有了这段被照拂的经历，我对这个能酿出好酒的村庄，突然多了几分亲昵。

我便问母亲这酒如何做出来，母亲答，你去看了便知，只是有一点，切莫出声。

未曾听过，酿酒竟不许出声。如此，我是

定然要去看的。

巧得很,这家的主人正在照顾产后的女儿。女儿远嫁外省,快生产前,千里迢迢地赶回来,就是因为娘家有这古法秘制的好酒。趁着主人要酿新酒,我起身跟去厨房一探究竟。

果不其然,进厨房前,主人小声地叮嘱,可以看,但千万不可问,也不可出声。我便问是何缘由。主人答,祖上传下来的规矩,酿酒时说话,会触怒酒仙,好好的一缸酒便酸了,做砸了。不知是否故意,主人说这话的时候,是略带一丝神秘感的,这让听的人由此产生探寻的乐趣。

做红曲酒,首要原材料便是糯米。《齐民要术》中记载:"用糯米酿大佳……晚粳米也好,无者,早籼米亦更充事……"这说明从古代开始,人们便已认识到作为酿酒原料,糯米为佳,粳米为好,籼米为次。福建是中国重要的糯米产地,自宋代红曲运用于酿酒业开始,便研究出了红曲酒,称为"福建红酒"。相传苏东坡酒量很小,但却十分喜爱饮用福建红酒,曾写下

"夜倾闽酒如赤丹"来形容与弟子望月对酌红酒的情景。而朱熹则曾以"酒市"为题,形容福建红酒的繁荣:"闻说崇安市,家家曲米春。楼头邀上客,花底觅南郊。"

红酒既美味,为何如今鲜有人做呢?在观察之后,我稍稍了解了一二。其一,红曲是用大米做的,糖化量低,因而出酒率也低。其二,红酒必须放在陶缸里发酵,这样的酒才能醇厚、自然。这难就难在温度的控制,每日需跟踪,必须人工操作。"事实上,这种酒纯手工、产量低,但是质量却是极好的。"主人颇为自豪。

厨房正进行蒸米饭的环节。角落里有一木制的酿酒容器,称为"酒甑"。砾头村盛产松柏,这酒甑便是就地取材用松木所制,虽经过许多年使用,已不辨原色,却仍结实耐用。糯米、红曲、松木酒甑,砾头人用手边的材料,带着虔诚和敬意,制造出属于砾头村的美食。我多希望他们能长长久久地酿下去,放任酒香四溢,让人永远醉在乡村的怀里。

四

或许是武侠小说看太多的缘故，我一直相信，有酒的地方必有江湖。没想到，这个看似不着调的理论在这村庄里得到证实。

许多年来，在方圆百里内，一直流传着关于砾头村的一句闽南俗语："砾头拳，没烧也嘎仑。"这说的就是砾头拳的厉害程度。

砾头拳在这里曾有多盛行，唯有保存完好的清代建筑东山堂可以证明。据童氏族谱记载，砾头拳可追溯至乾隆五十六年，有位名叫童苞义的人，在村里开设了武馆"东山堂"，其弟子遍布上坪、文华等村落。而在20世纪70年代，砾头村民组织五十多人想继续开武馆学拳，却因当时社会形势，遭到了阻拦。而今会砾头拳的人已是高龄，而知道砾头拳的人也少之又少了。

砾头村村民童良民回忆，砾头拳就是咏春拳。相传早年间，有位女侠路过砾头村，当时的砾头村没有客栈，好客的砾头人留她住宿并热情款待，女侠为了感恩，便授予了防身之术，砺头人把它称为"砺头拳"。砺头拳是否得到咏春创始人严三娘的真传不得而知，但若以流传的年代和拳法技艺推论，砺头拳是咏春拳的说法也并非没有道理。

站在东山堂，想象拳馆的前世今生，我猜度着女侠为何要将咏春拳传给砺头人。咏春拳在众多武学中，一直是一种低调的拳术，严三娘创立之初原是将它当作女儿家的防身之术。在砺头这个隐匿的山村里，是否让女侠想起了自己的故乡，这个不为世人所熟知的地方，是否正暗暗切合了咏春拳的低调与坚韧？

50年代，有一个人在香港利达街武馆，拜入一代咏春拳大师叶问门下。此人从小爱好武学，上课时十分投入，从不缺课，潜心学习咏春拳六年后，他从一名巷战少年过渡为真正的武林高手，成为名震香江的咏春闯将。1967年，他汲取咏春拳之精髓，在美国创立出了一套跨越门派限制的世界性的现代中国功夫"科学街头格斗技"——截拳道。而后，他将东西方哲学理念运用于武术,并将中国功夫搬上大屏幕,进军好莱坞,通过电影向世界展示中国文化。他叫李小龙,咏春拳更因为他声名远播。

严三娘在创立咏春拳之时,一定想不到日后的咏春拳有此建树,而砾头村,是否也有被世人所熟识的一天呢?

五

时间的光轴追溯到元朝,这是砾头村在历史长河中出现的节点。

那一年,砾头村的先祖童学科家里发生了大事。童学科原本居于龙岩永福陈村,他有个长相十分标致的女儿,名叫童娆金。有个朝廷官员乌鲁不花入闽,听说童家有美女,便要娶其为妻。但童姓有家规,不兴与异族人通婚,而乌鲁不花却强人所难,非娶不可。童娆金为逃婚嫁,自杀身亡。

恼羞成怒的乌鲁不花不肯罢休,反诬童家叛国之罪,欲将其满门抄斩。童学科在慌乱之中,求得童氏家族崇祀的董将军香火,只身逃到了砾头村。或者是因为惊慌疲惫,又或许是砾头村的与世隔绝让他产生了安全感,童学科从此在这里安下家来。许多年后,这段故事逐渐被历史尘封,只默默记载于童氏族谱中。同样记载的还有关于董将军的故事。

相传,董将军乃童氏先祖童学颜任松滋知府时的一员部将。一次,童知府率兵御敌,不慎跌落马下,董将军智勇双全,掩护童知府撤离战场,自己则跃马冲入敌阵,大败敌军,最后以身殉职,阵亡疆场。战后,童知府派人在战场上找到将军尸体,但见董将军睁着双眼,手执长戈仍不放松。童知府感动万分,奏请朝廷,追封"护国佑雄将军"。童氏后人因感念他的恩德,又因他尚未有妻室儿女,特意为之设灵牌,供奉于童氏宗祠中。

七百多年的董将军庙在村中一角,如今已有些古色苍苍,庙外的白马像仿佛是昨日的战马幻化而成,祝祷着生活不再为刀光剑影所笼罩。

故事已是过往,生活一直在继续。

童学科传衍的童姓至明末已成巨族,族人又陆续向德化、大田、安溪、潮州、漳平等地及台湾各地迁徙,明崇祯年间,就有童姓先民到台湾北部拓垦。他们在台北县中和市也修建了一座童将军庙,并以高车乡砾头村的童将军庙为祖庙,每年从台湾前来谒祖认亲。据了解,如今在台湾的祖籍高车乡的童姓后代就有一万多人。

一个乡土小庙,一段英勇救主的故事,将一种美好而坚定的信仰,传播于海峡两岸之间,紧紧维系着遥远的乡愁。

只字片语,很难说清一个乡村的前世今生。一山、一水,一树、一楼,一美食,抑或是一故事,它们构不成乡村的全部,但当我怀想这个村庄的时候,脑中浮现的还是山之青、水之灵、一片瓦、一杯酒,是那段似曾相识的记忆,也是那出波澜壮阔、千回百转的民生画卷。

感怀松洲书院

徐 洁

书院,是我国古代一种特有的教育组织和学术研究机构。用今天的话说,应为学校或研究院。

书院,最初是官方修书、校书和藏书的场所。职责是"掌刊辑古今之经籍,以辨明邦国之大典,而备顾问应对",兼作皇帝的侍读,"以质史籍疑义"。

书院,兴于唐,盛于宋,至清达到顶峰,清末改称为学堂。悠悠千载时光,书院遍及华夏大地,对我国古代教育、学术研究和人才培养,产生过重要而积极的作用,对后世高等院校的创建乃至我国全面教育事业的发展都产生了深远的影响。

书院，在我心头始终是高雅绝伦、内涵丰富、深邃浩瀚，可坐观风云变幻、纵览历史的圣洁殿堂。那里有幽幽兰草、袅袅琴音，有诗文激越、翰墨飘香。雅士先贤们汇聚一堂，探寻真理，彰显文明，畅谈治国安邦理想、造福黎民百姓。

牵强一点说，我与书院有缘。

儿时生活在外婆家，所住街名叫"书院街"。顾名思义，街上有一所书院，与我家百步之遥，具有千余年历史，在日侵时毁坏惨重，许多古楹联、古牌匾、古砚台等物件被日本人抢走，后来一半荒废了，一半做了县粮所。书院辽阔舒朗，有斯文气，那是我与小伙伴童年的天堂，我们常在那儿捉迷藏、放风筝、踢毽子、唱歌、跳舞，甚至与男孩子们一起玩"打鬼子""抓特务"的游戏……

当我还在襁褓中时，外婆就想将我的名字改为"书洁"，原因很简单，怕单姓单名不好养活，要三个字才会安稳。不识字的外婆想不出更美的字眼，恰好所住街名很有文化意味，以

"书"字入名显得雅致。在我报名入学时，对文化极其向往崇拜的外婆，重提旧事，希望将我的前程与文儒的书院联系起来，以时时提醒我好好念书，学好本领，但不知为何，最终却未能改成。

记得有资料说，华夏官办书院，始于唐开元六年的河南洛阳丽正书院。

然而，早有所闻，位于漳州芗城区松洲村的松洲书院，系"开漳圣王"陈元光的儿子陈珦受龙溪县令席宏隆礼相邀，于唐景龙二年创立，有"八闽第一书院"美誉，早于丽正书院十年。

说到"开漳圣王"陈元光及儿子陈珦，历史应追溯至唐总章二年。那时，福建泉州至广东潮州之间发生"蛮僚啸乱"，朝廷命归德将军陈政入闽平乱，陈元光随父同行。

陈元光，河南光州固始人，生于唐显庆二年，少时聪颖过人，文武双全。及陈政殁，陈元光承袭父职。他向朝廷建言，欲使闽南长治久安，"其本则在创州县，其要则在兴庠序"，教化民众，改变民风，发展生产。

唐垂拱二年，唐王朝采纳了他的建议，建立漳州府，命陈元光将军为首任漳州刺史。陈元光仁政惠民，百姓安居乐业、社会安定，陈元光被百姓尊为"开漳圣王"。

陈珦，从小文静好学，尤善辞赋，作为武将之后，却不善骑射。陈珦十六岁，就授职大唐翰林承旨直学士。后其辞官回乡，执教书院，得到陈元光将军的大力支持。陈元光曾对亲友说："儿非戈戟士，乃台院秀儒也。"这真是知子莫若父。

陈珦执教有方，试图以儒学思想浸染古城的每一条街巷，吸引当地青年才俊纷纷来此求学，培育了大批人才。

正因为有了这个书院，昔日"蛮荒"的闽南，社会经济文化得到了迅速发展，发展成为文风炽盛、学养丰厚的文明之乡，并形成规章，历代沿袭传承，育人无数，功勋卓著。

流年似水，岁月如风。远去的陈珦先祖也许不知：千年来，古书院尽管磕磕碰碰、起起落落，最终走向没落，但它教化文明、诲人不倦，做出的不懈努力和巨大贡献，为千年后的漳州能够荣膺"中国历史文化名城""全国文明城市"称号，打下深厚坚实的历史根基，其不朽功业，彪炳千秋。

遗憾的是，历史总有让人悲痛的时刻。当时间来到唐景云二年，蛮寇聚众骚乱，陈元光率兵平寇，不幸战殁，以身殉职。

朝廷下诏立庙，大为褒崇。后来，人们于松洲书院内兴建"将军庙"，敬祀陈元光及其部将，形成前庙后校的独特格局，官定文武官员必春秋二祭，以志纪念。

自此，陈珦走出书院，继任漳州刺史，平定闽粤，垂爱万民，完成父亲未竟事业。

至唐开元二十五年，他告老还乡，再次到心爱的书院聚徒讲学。

陈珦，是漳州史上第一位杰出的教育家。

千余年的皇皇历史，可歌可泣的先贤故事，坚韧、顽强、朴实的精神风范，深深感动知书达理、崇尚文明的人们……

一日下乡，恰好途经松洲村，我特意前去

拜访。

小村安详，楼房林立，有茂密的果树环绕，村道有四散觅食的小鸡、随意溜达的小狗，间或走来三三两两忙碌的农人，或飞驰而过一辆锃亮的轿车。千年古学府，就静静地隐于这绿意浓浓、欣欣向荣的村庄中部。

到书院门前。没有堂皇的门楣，没有显赫的高墙，也缺乏气派的牌匾，书院外观犹如朴素的农家小院。怀着崇敬、期待、景仰的心情，我小心地推开两扇松朽的木门，瞬间，有一丝恍惚：书院规模宏大，苍凉古朴，气势雄伟。只是残垣颓壁，寂静、空旷、破败，暗红褐色的屋顶摇摇欲坠，散落的石狮静卧不语，墙角、石缝有春草萋萋，尚有几分生气。书院原有书舍、厅堂、跑马场，面积约十五亩，既可教学，又可习武。如今，跑马场和前殿早已不复存在，中殿两侧毁于战火，仅剩中部，里面一前一后供奉陈元光及其父陈政神像。最后一进，原本同样衰败不堪，所幸现已修缮完整，上书"大唐松洲书院旧址"，并摆上课桌椅，仅余此处能再现几分当年落落堂皇书院的高雅风姿。曾经声名远播、书声朗朗、造就无数学子、赫赫有名的大唐书院，竟是这般模样……

淡淡的感伤，涌上心头。

千年时光，朝代更迭，书院曾历经兵燹、天灾，屡遭破坏。它到底衰落于何时？

我向村人打听，村中老者摇头叹息，没人说得清楚。他们只知崇文重教的漳州人民，不甘古书院销声匿迹，宋、元、明、清各朝均加以重修，仍保持前庙后校的历史原貌。遗憾，同治三年太平军入漳后的一把大火，使其严重损毁，至今火烧炭化痕迹犹存……中华人民共和国成立后其一度为粮食仓库，"文革"中又遭一劫，终于老迈衰微、满目疮痍。

徘徊东厢配殿，我发现天井四方形天窗滴水处，便于疏泄雨水的滴水瓦当，仅剩图案不同的两片半，其中一片虽沐千年风雨，仍十分清晰精美，足见当年工匠烧制砖瓦的技艺高超、功力不凡。由于房子破败不堪，瓦片自然岌岌可危，让人担心它随时会从房顶坠落，香消玉殒。村人用网兜在瓦下围挡，以防掉下，然而，明显向下塌陷的屋顶，还是让人揪紧了心。

徜徉书院，感慨满怀，这里，曾是先贤们吟哦泼墨之处，那古雅阔大的书堂，那雕梁画栋的东西配殿，那宽敞豪气的院埕，始终让我疑惑自问：怎么如此熟悉？仿佛似曾来过？

而我分明首次到来，我颇为纳闷。

那铺地的青砖，那历经千年硕大的石鼓、旗杆，那栩栩如生的人物雕刻，唤醒了我的记忆，我仿佛回到儿时玩耍的书院，在那里也见过类似的物件。但是，儿时的书院分明远在千里之外的中原，怎会有重叠的熟稔？

我轻轻抚摸经千年风雨冲刷，棱角已显圆滑损毁、有着中原风骨的石雕瑞兽，恍然醒悟——松洲书院，源自中州文化，与故乡的书院同宗同源，文风迁延，一脉相承，如出一辙，自然熟悉亲切。只是此时身处的书院，比起故乡的书院还要早上许多许多年……

在苍苍茫茫的千余年前，陈氏老祖就开办书院，解民众于蒙昧，传播先进的中原文化，开华夏教育之先河,殷殷忠君爱民之心何等无私宽广?家国天下的胸怀和气魄何等雄奇高远?"导士民于礼乐,开士子之茅塞"的历史眼光和巨大贡献何等高瞻远瞩、卓尔不凡?

我从颍河走来,与老祖一样,在中原坚实的大地学走路学说话,作为老祖正宗的小老乡,我感到无上荣光。陈氏老祖,是故乡人民永远的骄傲。

静静徘徊书院,感慨万千,恍惚间,仿佛有只大手,轻轻为我拂去缥缈的历史尘埃,苍老衰微的书院,呈现一派儒雅俊逸的繁荣景象,幻化出一个个气宇轩昂的青年才俊,他们或踱步沉吟,或埋头疾书,或慷慨激昂……

雕栏玉砌应犹在,只是……

曾经,无数个在这里教化民众、向学士人的血肉之躯,已化为挚爱家园里的一抔泥土。

曾经,无数个激扬文字、指点江山的俊杰英雄,已化作缕缕清风,消失在历史的云烟深处。

而我,告别蹒跚学步的故土,从中原走来,

却有幸走进千年前陈氏老祖的怀抱,是书院的吸引,还是老祖的呼唤?

"千年以后,繁华落幕,我还在寻觅你当初的笑容……"

这,是难得的缘分。

悠悠千年岁月,松洲书院历经沧桑、伤痕累累。

值得我们庆幸的是:谢历代乡贤殚精竭虑为我们悉心保护了古书院,方能让我们穿越时空,在巍峨端庄的大唐书院内徜徉、遐思、追怀,见识大唐文化风采,感悟历史丰美的馈赠。

更值得我们庆幸的是:历代优秀儿女们的心,跨越时代,合在一个节拍跳动,那就是——全面修复古书院,弘扬书院精神,为后代子孙留下更醇厚的历史文化遗产!

没有人说得清这是第几次修缮。

仿佛,先祖们的清魂并未远去,三尺之上,正微笑着环绕在儿孙后代身边,借缕缕清风,关切地向我们絮絮叮咛:"读书为生,次即农桑,取之有道,工贾何妨,克勤克俭,毋怠毋荒,孝友睦姻,六行皆藏,礼义廉耻,四维毕张……"

感动,紧紧包围着我。

巍巍大唐松洲书院,愿你与日月同在,青春不老,永世芬芳。

南天砥柱石矾塔
唐镇河

长洋五寨手相牵,缥缈江心一抹烟。持拐仙翁云外立,梁峰耸拔欲擎天。(《石矾塔远眺》)。这是笔者游览石矾塔时豪情勃发写下的一首诗。

石矾塔系福建省境内唯一的海中塔,位于云霄县城以东二十千米的漳江入海处,矗立在万顷波涛中的小岛礁上,地处云霄县东厦镇长洋村对面。流贯云霄全境的漳江,经县城至佳州汇合成南北两江,闯过石关逶迤入海,两岸南北岐山束腰对峙,俗名"牛相牴"。江心有玲珑岛礁兀立,状若笋尖,雄立海天,高达数丈,俗名"石矾",后人建塔在此,起名"石矾塔"。

石矾塔始建于清康熙九年,后倾圮,嘉

庆十九年重建。塔为密檐式空心塔,通体均用花岗岩条石砌成。塔平面呈八角形,塔基周长二十二点二米,为简易须弥式塔座。塔通高二十四点八一米,高七层,每层分隔处以条石横铺叠涩出檐,八角各设飞檐。塔内以条石阶作螺旋梯,直通顶层。塔刹为葫芦顶,塔顶屋面条石浮雕覆莲纹。每层都开设拱门,一层设一门朝南;二层开三门;三、四、五层各开四门;六层二门一窗;七层一门向北。第二层门额朝西,置青石镌"斯文永昌"四个大字,两侧分镌"嘉庆十九年八月旦""赐进士出身熏赠内阁侍讲、侍读,特授云霄同知薛凝度书"。"斯文永昌"寓意应为文风永远昌盛,这大概是当时读书人及众乡绅捐资造塔的初衷吧?

石矶塔的四周遍布巉岩奇石,嶙峋怪异。塔礁被海水环浸,潮涨水漫可直达塔中。塔右岩壁上有摩崖石刻"健笔凌空",为清咸丰九年恩科举人、云霄厅山长周情书镌。在通往塔礁的乌丘渡头苍生待济亭里,有清光绪八年的《郡侯薛、雷公功德碑》一方,另尚存清嘉庆二十年由云霄义学山长吴文林、云霄抚民厅同知薛凝度"董成"的《新建石矶塔碑记》等碑刻文物。有关石矶塔建造经过,《云霄厅志》有详细记载。在建塔礁石岛上,原有一天然笋石,犹如"华表捍门",守护云霄东南门户。迨明末清初,郑成功以沿海为抗清基地,曾把石矶作为系船的天然石碇,致使笋石被巨船曳倒,而"震撼粉碎"。为弥补缺憾,清康熙九年,云霄溪美人、进士陈天达募款在岛上建一小石塔,但"高不盈丈,低小不称"。清嘉庆十九年,在振衣和尚的倡议下,云霄厅同知薛凝度募金四千七百多银圆,当年秋天动工兴建,历时四月竣工;又以余款在漳江北岸石蛇尾渡头建石级十余丈,立"捐金碑记"一通;在漳江南岸湖丘渡头建津亭一座,薛凝度题名"苍生待济";以此"龟蛇把水口"成为漳江入海处的对应渡口,方便来往游人。

遥望石矶塔,它昂然傲立在万顷碧波之中,连绵梁岳烘托出它的文雅俊秀,湖垱炮台映衬出它的神勇威风。在广阔苍茫的天地大舞台,它从容自信、英姿挺拔。光阴荏苒,世事沧桑,不知它护送过多少只出征船帆,观赏过多少回潮涨潮退、日升月落,致敬过多少来自远方的宾朋,没有人能数说清楚。它像一位博学睿智的仙翁,将自己修炼成一尊不朽的雕像。为了瞻仰石矾塔的昭人丰采,一个晴朗的夏日,我们从东厦镇长洋村瞻塔亭上船,仿佛奔赴一场期待已久的精神盛宴,向着梦幻的蓬莱岛礁破浪前行。开心的海鸥追随围绕着轮船飞舞,在好奇游人的投喂下,时不时地发出欢叫,碧海、蓝天、洁白的羽翼,交织成一种浪漫的色彩,或许这就是海洋的格调。

清流摇曳,浮光掠影,轮船缓缓向石矾塔靠拢。绕塔慢行,透过门洞,塔后的天空隐约蒙眬。近观石塔,日光下,塔顶屋面的条石依稀可见覆莲纹浮雕。每层石塔都有蛇头状的塔角昂首翘起,它们好像给石塔安插着潜伏待飞的翅膀,使整座石塔展现凌空翱翔的身姿,而无呆板静停的状态。岁月的浸染,花岗岩逐渐消退洁白的容颜,时光镀烙它斑驳陆离的印记。

从南门进去，沿着内壁螺旋式石阶向上攀爬，黝黑色的台阶沾染着潮水的润泽。每至一层，都有花岗岩条石并排铺砌为地面，塔内的石壁因海风吹拂而略带潮湿。从拱门探头远眺，云雾迷茫，远山如黛，近山青紫，俯视脚下，如临百丈悬崖峭壁，不禁两腿颤抖、头晕眼花、掌心渗汗。海风穿过拱门轻微吹拂，厚重的石壁遮挡夏日的骄阳，时值酷暑却让人觉得清凉舒畅。

浏览塔内，四周铺满花岗岩石壁，为数众多的花岗岩，是否有人计算过它的数量和面积？横渡惊涛骇浪，不管材料运输还是建筑工程都必须遵循潮汐规律，稍微疏忽大意，船只和人员都有搁浅翻覆的危险。我想到这里，内心真正佩服先辈工匠的智慧和胆识。虽然塔内的石壁避免了阳光直接暴晒和风雨的轮番侵袭，但几百年的坚守已使它容貌模糊。塔下垒叠三层底座，塔基八角形，最底层浸泡水中。塔基四周，几块零星的礁石散落海中卫护着石塔。海水拍击着礁石，涛声阵阵、低沉悦耳。浪花点缀着塔基和礁石,透明细碎、耀眼悦目。几个身披蓑衣、头顶斗笠的渔民驾驶扁舟轻哼小调,悠闲地在礁石间拉网,流浪的金枪鱼在网中跳跃穿梭。

回顾昔日,云霄县曾经作为"海上丝绸之路"的起点而享誉世界。本地诗人以"长洋古渡漳州路,南海潮声百国商"来形容当年云霄城的富饶景象。海外交通的发达、开放兼容的社会,带来经济文化的繁荣,造就"石矾塔"奇特壮观的建筑艺术瑰宝。从商贸发达的明清时代开始,数百年来,石矾塔默默地为无数进出漳州港的中外船舶引航指路。在渔船穿越急流暗礁的时候,它又成为辨识归途方向的航标;当迁徙的候鸟飞越苍茫海面,这座石塔无疑是它们暂时的栖息处和温柔的避风港。以石塔作为航标,也成为世界航海史上的一大奇迹,漳州海外交通的文化积淀在石矾塔身上得到淋漓尽致的体现。

访问石塔归来,恰逢大海退潮,三三两两的村民沿着海滩摸鱼捉蟹。我们走下盘旋的石阶，抬头放眼，滩涂上遍布大小不一的海螺、贝壳，索性脱掉鞋子，光着脚掌踩在清凉滑润、起伏不定的贝壳上，感受天然抚触按摩的舒适，不知它们经受了多少磨砺，乃至圆润了自己的棱角，才肯停泊靠岸，安放自己漂泊的初衷。海水清澈，海底的水草、珊瑚形态清晰、轻舞楚腰。漫步在石矾塔边的海滩上，那些五颜六色的石头如同环佩珠玑叮咚作响。蹲下身子，细看这些晶莹剔透的石头，它们个个清纯天然、玲珑乖巧，让你几乎不忍心触碰。小心翼翼地捡拾几颗，放在手掌端详，你会看到圆实润朗的灵石上面的各种纹路，有的好像摇曳的海草，有的俨然遒劲的梅枝，有的则像展翅飞翔的鸥鹭，还有的仿佛一朵祥云、一片绿叶、一只飞鸟，这些美丽的图案像是在悄悄诉说这里曾经发生过的故事。

  在石矾塔南面的长洋村大海边，生长着两棵刺桐树，一棵体态丰满、婀娜多姿，另一棵高大挺拔、雄健刚劲。有时候，看上去就像两个恋人窃窃私语、含情脉脉，当地人形象地将其称为鸳鸯树或情侣树。它们仿佛守护村庄的忠诚卫士,并列伫立,如影随形,日夜相伴,与右前方瞻塔亭互相呼应。

迎着西天的夕照,抬头仰望那两棵刺桐鸳鸯树,在明亮的浅色光影中,它们仿佛头顶象牙凤冠,显得和蔼而温存、慈祥又生动。两棵刺桐树采集日月精华、吸纳天地灵气,演绎着陪你到天涯海角,伴你到海枯石烂的浪漫爱情故事。

人们热爱刺桐树,大都喜欢花朵的艳丽。南国土地升腾的热气培植滋润它血液一样的颜色,如红霞,似火焰,像一只只燃烧的凤凰鸟。刺桐树还有一个别致的名字叫"象牙红",那是因为它美丽硕大的花朵状如象牙,翘楚群芳。确实,那一簇簇形似手掌的花朵,颜色鲜红,淋漓长空,远远望去,就像是一串串熟透的红辣椒,迎风舒展成款款红霞。辣椒的热烈,自然催人精神振奋;红霞的娇艳,常常使人迷醉眩晕。怪不得,刺桐花开总让人想起《诗经》里的硕人其颀、巧笑倩兮、美目盼兮的妖娆风姿。

也许这正是刺桐树魅力之所在。

回眸静静伫立在海风中的刺桐树，我闭上眼睛俯耳谛听，似乎听得到它们的窃窃低语、婉转缠绵。那些从南疆北国飘来的祝福，又被传送到天涯海角的情话，久久在耳畔流连、激荡。暮色四合，一眼望不尽的深邃，带着满怀深深的感佩和惆怅离开刺桐鸳鸯树扎根的地方，渐行渐远的是我们造访的脚步，历久弥新的是它们不老的传说。

长洋渔村，一块灵魂休憩的净土，远离尘世喧嚣。我们投宿的民房正好可以眺望海景，窗前帆船点点、波光粼粼，如同一帧定格的静物图。泡一杯清茶，轻啜慢品，斜靠在沙发上尽情发呆，时光竟可以变得这般慢吞吞，如同停泊靠岸的渔船。夜晚，窗外星光点点，偶尔有美丽硕大的烟火从天而降，整个村庄给人一种宁静神秘又充满生机的舒适感觉。看够窗外的风景，拉上窗帘，躺在竹床上闭目养神，你会感觉到巨大的海浪轻拍着礁石，整个眠床仿若变成大海中的摇篮，就这样在漫天星光下摇晃着身不由己地驶入梦乡。

　　清新惬意的早晨,站在软风徐徐的瞻塔亭前,远眺整个石矾塔海湾,天色浅绿澄明,海湾碧蓝深邃,沙滩纯白洁净,不远处的山丘郁郁葱葱、深青浅黛、粉紫鹅黄,将整个海湾装点得如诗如画。纵览开阔的茫茫海面,此时的宁静与温柔更显得可爱珍贵,莫非这一座保留原始风情的恬适渔村,一湾遗世独立的碧蓝海滩,抵挡住了无情光阴的风侵浪噬?岁月失语,唯石能言。

　　刚健挺拔的石矾塔与巍峨俊秀的云霄将军山默契搭配、遥相呼应,一座镇守山岳,一尊雄踞海天,它们与南面的仙人峰和北边的梁岳互相辉映,共同拱护开漳故郡的灿烂风光。伟岸壮观的石塔犹如南天砥柱,傲立江心,作为云霄标志性建筑物和明清时期石构建筑的成功典范而永垂青史。

河流送走了木船

林宝卿

我觉得最浪漫的旅行,是一个人坐着火车去远方。远方不是目的地,远方代表陌生,代表神秘,这对我来说是不可抗拒的诱惑。而火车,像一条大蛇穿行在大地上,一路未知的风景,于我来说就是远方。

之所以是火车,因为它速度适宜,可以让我从容看沿途风景,随时邂逅惊喜与新奇。同时,它让我有一种"在路上"的感觉,有一种将要抵达的兴奋。

在路上是漂泊,也是最好的自我放逐。

前几年看《蒂凡尼的早餐》,一直很喜欢主人公郝莉"在旅途中"的潇洒留言,她与流浪猫为伴,一直在路上,不知道明天会住在哪里。

就那样自由自在地"漂着",偶尔"泊着",也只是为了下一站更好地漂流。在到达理想的家园之前,她就这样一直在路上,在寻找,在经历。"不想睡,也不想死,只想到无际的草原去漫游。"多么令人心碎的话,却让心安顿不下来的人向往不已。

从很小的时候,我就渴望去远方。那时家里有两幅玻璃画,四方形,镶着有花纹的木框。其中一幅用写意的笔法画着彩色的风景,当时不明白画的是哪里,后来读书明白了,那画的是杭州西湖的三潭印月。画里,两只船在湖面上,一只向东,一只向西,每只船上有六个人,分左右两排,各执一桨在划船游湖。湖岸上绿色的杨柳丝被风吹向一边,红红的花泅染着,水面波纹粼粼。漫长的童年里,我每日带着个小木凳在村里读"红儿班",或在村里乱跑乱逛,逛累了,就伏在桌前,静静地看挂在墙上的这一幅画。小小的心羡慕船上的那些人,总想着自己什么时候能够像他们那样,也到那画里的风景去逛一逛。长大后读了《红楼梦》,才发现我竟跟刘姥姥想到一块儿去了。看久了，就发呆着想：那只船，转过那条伸到湖中的堤岸，又会遇到什么风景呢？这个问题直到现在还在我的脑海里，没有答案。

村里有几条汊港，远去连着海，每日每夜随着大海潮涨潮落。泊在树下小码头边的木船，随着水位高低时而搁浅在泥地里，时而浮在水面上，像树叶一般漂荡着。村里要运载重要货物去远方，靠的都是它们。父亲是村里的行船好手，两条手臂粗壮，一手握一只木桨，一上一下，一推一收，不断重复，船就很神奇地沿着河流汊港去往远方。我常常一个人坐在岸边的树下，远远望着对岸。对岸杂草丛生，岸边有些许的芦苇和菖蒲，岸上不时有几棵不高的小野树挡着视线。土岸再过去是一片很广阔的田野。潮落的时候，我与小伙伴们也时常蹚水到对岸，捉小螃蟹小鱼虾，偶尔也到田野里四处走动。许多时候，坐在岸边想的是，那片无边无际的田野之外，是什么地方？坐上木船沿着汊港，又会漂流到哪里看到什么样的风景？

人太小的时候,脚步太浅,走不出村庄和附近的田野,只好每日傍晚的时候坐在墙头,迎着霞光看夕阳,看夕阳落下去的远山。外面的世界那么大,能给予我的只有幻想和出走的冲动。

那时村里有一个人称"疯子"的中年男人,他的疯狂举动之一,就是每年都要至少一次徒步上漳州城逛几天。漳州是家乡的地级城市,对于我们那个交通很不发达的小海岛来说,上一趟漳州是非常了不得的大事,村庄里的许多人终老一生也只是把"到漳州"视为梦想。这个男人在别人的眼里是疯子,我却非常佩服他。我仰着头向他仔细打听走一趟漳州需要多长时间,经过几座桥。他蹲下来,看着我的眼睛,说:"慢慢走,一路赏风景,要四个多小时。"我曾经很认真地计划着也要走这么一趟,把自己真真切切地放在路上,用自己的双脚丈量大地走向远方。也许真是宿命,后来,漳州城就真的成了我安身立命的"远方"。

长大后读诗,看连环画。记得看了一本《李谪仙》,故事讲的是李白。最钦佩的是他恃才而狂，连皇帝贵妃都敢怠慢；最向往的是他那骑着毛驴走天下、游遍名山大川的潇洒人生。这种喜欢，一直影响着我的成长，塑造着我的性格。记得青年时代，每每读他那些奔放豪迈、想象瑰丽的诗篇，就心潮澎湃、热血沸腾。想象中李白一生除了喝酒都在漫游，以至于想到李白，脑海中涌起的除了"君不见黄河之水天上来，奔流到海不复回"的壮美诗句，就是他骑着毛驴举着酒杯的剪影。我猜想李白的漫游，一定也没有带着特别明确的目标。所谓"漫"，就是漫无目的，不着边际，骑着毛驴，且行且停，一路走一路赏：山川街衢，驿道草亭，西风瘦马，老树昏鸦，小桥流水。赏到佳处喝一口酒，写几句诗，真正锦心绣口，脚步足够散漫，心灵足够自由，并没有"断肠人在天涯"的悲怆。年轻时的李白，胸怀万丈，豪气干云，心永远向着远方，人永远走在路上。

直到现在，"去远方"的情结一直存在我的意识里。但现实的情况是，我平足，走路偏慢，鲜少出门；我方向感极差，不敢一个人出门，怕走不了几条街就找不着回家的路；我胆子小，怕一旦出门遇人不淑难以解围。

于是，一年又一年，我就守着电视看中国地理或世界地理之类的节目，以解眼馋和心烦。十几年前，看一个电视节目里介绍新疆石河子市，说它是"戈壁明珠"，又看到介绍银川是"塞上江南"，我一下子就被迷住了，想了很久，想抛下一切流浪到那里。我的远方，我的海角天涯，不是在海边，而是连着一片茫茫的戈壁沙漠和连天草场，连着我的梦境的边缘。

不久前读一个90后大学生的文章。她站在欧洲异国他乡的海边，以为已足够远，突然手机响，家人的一个电话又把她与自己熟悉的世界连接在一起，于是她说："到不了的地方才是远方。"二十几岁的孩子，说出来的话有点深刻，令我赧颜。

到不了远方，脚步就永远停留在路上，路上不时变幻的风景，让我总产生不容错过的"远方"之满足。有时候，一趟旅途下来，往往对到达的地方印象模糊，却把记忆留在路上。

读中学的时候，寄宿在五千米之外的学校。每回家一趟，走路将近一个钟头。别人一星期回家一次，而我每星期一定回家两趟，三年下来，雷打不动。我总是一个人走路，迷恋路上的风景，且百看不厌——大片大片的田野，一年四季不同的色彩变幻，牛犁蓑衣。田野远处，绿树翠竹掩映着白墙红瓦的人家，夕阳下炊烟袅袅，群鸟盘旋。不宽不窄的黑泥土路，下雨时一路泥泞。路边随时可见马尾松柔细的枝条，随路流转的水渠，一年到头水波清澈。路两边杂草青翠欲滴，野花如星。天蒙蒙亮的早晨，走在这路上赶着回学校早读。走着走着，远处村庄隐隐的鸡啼狗吠唤出太阳的光芒，从背后照过来。这时，树叶草尖上的晶莹露珠映着晨曦，闪烁着绚烂斑斓的色彩，空气非常干净。见到露珠映着阳光的那一刻，我激动得一个人在路上就哭了，那是一种神示一般的体验。几十年来，每个人生绝望的时刻，我都会不由自主地想到当时看到草尖上露珠闪耀光华的那一刻。少年时代走在求学路上的经历，是我这辈子永远前行的力量。

我就在漳州读大学。我到达了小时候起就渴望到达的"远方",年轻的双脚站得更高,眼前却是一片茫然。心中的热情无处安放,激扬文字,指点江山,不甘寂寞,七八个同学放下书本到县城乡下一路去"游历"。回程的路上,深夜两点多在一个山区小县城火车站等火车。那时夏天,一轮明月在遥远的天际,照着一片灰蒙蒙的人间。凉风习习,轻松愉悦地吹拂,朦胧月色下的月台,人影稀疏,一片寂静。我们这一群青春飞扬的少男少女,像一群闯进幽谷的浪漫诗人,无忧无虑、特立独行的欢快笑声驱散了深夜的平静。这一幅旅途中的图画,与同窗之谊一起,带着那年那月的印痕,定格在我人生路上属于无悔年华的路口。

十几年前去一趟黄山。出发时南方树木依然披挂着去年的绿叶,一派葱茏。火车驶进安徽地面,对异乡风土的好奇让我一路紧贴着火车窗口看风景。从火车的一角方窗望出去,三月的徽州大地,一片收割干净的旷野,只有几处小片的油菜地开着黄灿灿的油菜花,像仙女遗落在人间的花手帕。辽远的天空下,远处一排只有枝干和细枝的树,没有一片叶,笔直疏朗地伸向天空,更远之外安放着一格一格矮矮的房屋,一片苍凉。

此前我从没去过北方,只从北方来的朋友口中得知,北方四季分明,立秋过后,树叶即哗啦啦地落光,整个秋冬,万木萧瑟。这样的画面,我一直无法想象。3月的安徽南部,灰蒙的天空下这样苍茫得有点失意、有点悲凉的美,是我第一次亲身体验。

在赶往黄山景区的汽车上,听导游小姐介绍安徽当地的风俗人情:八山一水一分田,逼得安徽人不得不背井离乡出外经商创业,并在历史上形成独步天下的徽商。传说徽州男人出外打拼必带着两样东西——一根扁担、一根麻绳。何也?发迹了,用扁担挑着财宝回家起屋造房光宗耀祖;落魄了,老死也别回乡,在外混不下去了,就用麻绳把自己吊死。

这样悲壮的风俗,让人听着心里发堵。到

底是怎样凄怆的土地，会这样逼着自己的子民为了生存拿生命去赌？

我又想起在火车上看到的那一片苍凉的树木。是这样的萧索、这样的枯寂，造就徽州男儿那样决绝刚烈的性格吗？我对这一片土地蓦然产生敬意。生命的尊严来自对苦难的坚韧承受和超越，没有怨言。磨炼，是大地对一切生灵的告白，没有一种荣耀可以轻松获得，没有一种生存可以不付代价。

这一片旅途的风景，从此长久地留在我这个只是匆匆一遇的过客心里，在闲散喝茶时常常回味。

有人说："人生最好的旅行，就是你在一个陌生的地方，发现一种久违的感动。"2007年夏天去云南，一周的时间走过了云南几个出名的景点，彩云之南的壮美和柔情、古老和神秘，让人拓宽视野、大长见识。高原山区的那种磅礴大气，那种壮阔伟丽，确实不是一般的小打小闹，实在不是我的笔所能描写。

但我的感动在路上。从一个景点到另一个

景点，往往需要几个小时的山路盘旋奔波，车窗外一掠而过的风景，常常让疲乏的我精神为之一振。我曾在山腰的公路上，往下看成片连绵的梯田，那是上帝的手在人间轻轻抚过的痕迹。深深的山谷在一层一层的皱纹之下，住人的房屋那么卑微地贴着狭小的平地，山川的岁月在这些如树木年轮一般的线条里诉说无尽的悲喜，四季的风雨冲刷着一代代人的记忆。这里是锄头、耕牛、汗水、脚印、热血、生命、爱情编织出来的锦绣，它存留了多少代云南人用身体和苦难亲吻大地的热度？当看过轰鸣如雷、气壮山河、浊浪排空的虎跳峡奇景之后，汽车行驶在陡峭的山崖路上，看着崖下的金沙江一路奔腾，我在想，这不也是长江"在路上"的一段吗？万里长江不顾一切劈山开路，大海是它的"远方"，进入大海的那一刻，也许还有更广阔的远方在等着。我家门前不远处的海，是否也回流着这片水域带去的消息？这一片高原山水让我初次明白，这一方水土养育的人们，有着与我怎样不同的生命体验，又与我有着怎样神秘的循环联系；他们与我迥异的信仰，他们对苦难与生存的解读，他们为家园的守护付出的代价，以及他们在这片我完全陌生的世界里，是以怎样的姿态活着。

云南归来很长一段时间，那一方厚实壮丽的土地和巍峨喧腾的山川给予我的感动，还常常伴随着车轮的滚滚尘烟，和虎跳峡的巨大冲击力，涌入我的梦境。

看到微博里一句话印象深刻——有钱的时候，就去旅行，没钱的时候，就看书，反正眼睛和心灵，必须有一个在路上。从童年家门前的那个小码头为起点，我就是一只小小木船，带着家乡河水给我的湿淋淋的记忆和雾蒙蒙的憧憬，走上旅途，并且迷恋着沿途风景，没有尽头。

乡下的门
游惠艺

乡下的门和城里的门不同。

城里通常是铁门，乡下通常是木门。城里的门富丽堂皇，乡下的门简易质朴。

城里的铁门通常是时时刻刻"咣当"一声就猛地随手关上了，乡下的木门大都随着清晨的"吱呀"一声缓缓拉开，拉开了乡下人一天的生活序幕。那"吱呀"声和着枝头悦耳的鸟鸣，像戏曲的开场，像一段唢呐的前奏，像一支山歌的开端。随着那一声"吱呀"，通常从门里首先冲出来上演节目的是扑扑翅膀咯咯嘎嘎叫的鸡鸭鹅。白天，乡下的门通常都敞开着。

朝阳的光辉早早地洒满山村院落，映照在乡下坐南朝北的木门和简陋的泥墙上。乡下的

乡下的门

木门是一道质朴的风景,一幅简单的画。"画"上通常贴着一副红彤彤的对联,内容与景致相符,或是"向阳门第早逢春",或是"勤俭人家早致富"。大年初一贴上的对联,到年底纸张破了、纸色变浅,乡下淳朴的人们也舍不得揭去。联边一竖门吊儿,联下一横门插儿,木门前时常配有一扇矮矮的随手开关的幺门,用来防鸡鸭进家里来拉屎拉尿的,幺门边常慵懒地蜷缩着一只狗或一只猫。

只要有人在家,乡下的木门通常是敞开着的,街坊邻里一抬脚就进来了,走进这样的门不需要太多的思索,大多是大大咧咧地跨进来,有的是来借一把锄头,有的是送来一碗糕粿,有的是进来喝茶聊天的。乡下人初到城里,大都不习惯城里人家要先摁门铃,进门后要随手关门,而后换上拖鞋的一系列动作。敞开的乡下门少了许多烦琐的程序。

喜欢站在门槛上的一般是小孩,大人们则喜欢站在门里或门外。凑在门里边唧唧咕咕的,那是七大姨八大姑在对哪家的某人某事说三道四。站在门外的通常看看太阳看看天气，呼吸着乡间屋外的新鲜空气，或与来往的行人有一茬没一茬地搭搭话，或三五个人分开而立嘻嘻哈哈、漫无边际地闲聊。夏天夜里，大伙儿搬张桌子几把椅子摇着蒲扇在门前喝茶聊天，享受室外的习习凉风，孩子们无拘无束地捉迷藏、玩游戏，直至夜深靠在大人的臂弯里进入梦乡。冬日上午，门前阳光温暖，乡下在这个季节里空闲的人多，大家都搬些高高低低的板凳在那儿聚集聊天、晒太阳，度过那嘻嘻哈哈的温暖时光。

不论熟悉或陌生的客人从门前经过，门里的主人总是热情地招呼："进来，进来喝杯茶！"

乡下人白天只有去砍柴或下地干活才把门关上，一把竹制的小门插儿轻轻往上翘，顺手往左或往右一划，门就插上了，方便、轻快、简单。那门只是形式上的关上，邻居要是急需借他家的一把镰刀或一把锄头，尽可以门插儿往左或往右一划，一推门就进去了，随手拿走要的东西，只需主人回来时说一声就够了，主

| 乡下的门 |

人是不会责怪你不请自入的。

乡下的门只有到了走亲戚或出远门才上锁,那一竖门吊儿扣到门鼻儿上,一个四四方方的铁将军套进去,一摁,大门锁上了。那锁简易,能防一般的小偷,高明的小偷是防不了的。但是没关系,乡下的人生活简单,并非腰缠万贯,无须高度警惕与防守。

夜里,木门"呀"一声关上,门闩插上,主人用小拇指把门闩洞里的勾儿轻轻地往上一挑,门就落锁了。从这样的落锁可以看出古代发明反锁的人的聪明。

此时,乡下的木门是贾岛诗中"鸟宿池边树,僧敲月下门"的月光下那扇清新质朴的门,是"柴门闻犬吠,风雪夜归人"那扇温暖人心的门。不过乡下人不习惯那客客气气的敲门,他们喜欢直接在关着的门前喊张三婶,或李四叔,屋里面就有了动静,有人起身开门。在乡下夜里敲门的人大都有着不可公之于众的秘密。

乡下的门一般是单扇的,双扇的大门一般比较高比较宽,门上挂着两个代表威严气派的狮子头门钹，那里的门槛高，老百姓一般是不敢轻易迈进去的。平常人家嫁女儿也不敢高攀这样的人家，所谓门不当户不对，唯恐女儿嫁过去后受委屈。

青黄不接的季节，乞丐是不会上城里人的门前去乞讨的，那里的门铁面无私地锁着，它给乞丐的是闭门羹，是冷面孔。他们会选择敲着饭碗倚在敞开的乡下人的门框边，哀求："阿婆、阿婶，来一碗饭。"乡下人以哀怜的眼光凝视乞丐一会儿，转身连忙盛满一碗饭倒到他碗中。若是乞丐已吃过饭，乡下人会抓一把米放入他的米袋里，或是递给他一两毛钱。吃百家饭的乞丐一个村子又一个村子地行走，那里的每一扇门都为他敞开着。

婆婆和许多乡下的老人们一样，不喜欢跟着儿女搬到城里来住，他们不喜欢那一扇扇紧紧关闭的铁门，他们已经习惯了那一扇扇一抬脚就可以跨进去的乡下的门。

图书在版编目(CIP)数据

淡不去的温暖/"惠风·文学汇"丛书编委会编. — 福州:海峡文艺出版社,2024.8
(惠风·文学汇)
ISBN 978-7-5550-3798-9

Ⅰ.I267

中国国家版本馆 CIP 数据核字第 202428852V 号

淡不去的温暖

"惠风·文学汇"丛书编委会　编

出 版 人	林　滨
责任编辑	朱墨山
出版发行	海峡文艺出版社
经　　销	福建新华发行(集团)有限责任公司
社　　址	福州市东水路 76 号 14 层
发 行 部	0591－87536797
印　　刷	上海盛通时代印刷有限公司
厂　　址	上海市金山工业区广业路 568 号
开　　本	889 毫米×1194 毫米　1/32
字　　数	120 千字
印　　张	8
版　　次	2024 年 8 月第 1 版
印　　次	2024 年 8 月第 1 次印刷
书　　号	ISBN 978-7-5550-3798-9
定　　价	58.00 元

如发现印装质量问题,请寄承印厂调换